Die Frauen von Nell Gwynne's

Kage Baker

Steampunk

Autorin: Kage Baker
Deutsch von: Astrid Mosler
Lektorat: Oliver Hoffmann
Korrektorat: Andrea Bottlinger und Lars Schiele
Art Director, Satz und Gestaltung: Oliver Graute
Titelfoto: Thomas Adorff

ISBN 978-3-86762-074-1

1. Auflage 2010
Gedruckt in Deutschland, C. H. Beck, Nördlingen
Originaltitel: The Woman of Nell Gwynne's

Feder&Schwert im Internet:
www.feder-und-schwert.com

Kapitel 1

In welchem Folgendes bekannt wird:
In der Stadt Westminster, in der Nähe des Birdcage Walk, im Jahre des Herrn 1844.

Hier gab es einst eine Privatresidenz mit Blick auf den St. James's Park. Bei den Londoner Kaufleuten war bekannt, daß dort eine redliche Witwe lebte, die ihre Rechnungen allzeit rasch beglich. Bettler konnten sich auf ihre Barmherzigkeit verlassen, wenn sie nicht zu aufdringlich waren, worauf sie peinlichst achteten, denn die Dame war sozusagen eine der ihren: Sie besaß kein Augenlicht.

Dann und wann konnte man Mrs. Corvey beobachten, wie sie mit ihrer dunklen Brille und ihrem Gehstock am Arm ihres erwachsenen Sohnes Herbert durch die angenehme Luft des Parks flanierte. Man wußte außerdem, daß sie mehrere Töchter hatte, wobei deren genaue Anzahl unklar blieb, und daß auch ihre jüngere Schwester in dem Anwesen residierte.

Möglicherweise handelte es sich auch um ein Paar jüngerer Schwestern; auch eine unverheiratete Schwägerin lebte dort, und obwohl die Töchter die Schulbank bereits verlassen hatten, blieb ihre Gouvernante dennoch im Hause angestellt.

In jeder anderen Gegend hätte es vermutlich ungebührende Spekulationen über die ungewöhnlich große Anzahl von Frauen unter einem Dach gegeben. Der Hausherrin der Villa am Birdcage Walk gelang es jedoch, ihren Ruf tadellos zu halten – nicht zuletzt, da man niemals Herrenbesuch beim Betreten oder Verlassen des Grundstücks beobachten konnte, weder bei Tag noch bei Nacht.

Die Herren blieben ungesehen, da sie sich nie dem Haus in der Nähe des Birdcage Walk näherten. Stattdessen gingen sie in ein gewisses privates Etablissement mit dem Name Nell Gwynne's, zwei Straßen weiter, das im Keller eines recht exklusiven Abendlokals angesiedelt und über einen unterirdischen Gang mit Mrs. Corveys Keller verbunden war. Unnötig zu sagen, daß die Händler und Lieferanten dort nie hinkamen. Hätten sie es getan, so wären sie voller Verwunderung auf Mrs. Corvey und ihren kompletten Haushalt getroffen, inklusive Herbert, der sich unter diesem zweiten Dach auf mirakulöse Weise in Herbertina verwandelte. Die übrigen Frauen verwandelten sich ebenso – in Weiber mit Reitgerten, Rohrstöcken und anderen Werkzeugen ihres Handwerks.

Die Kunden von Nell Gwynne's waren häufig Staatsmänner, die das Haus in bequemer Entfernung zu Whitehall schätzten. Nicht selten waren sie Mitglieder weiterer exklusiver Clubs. Einige waren Journalisten, andere bekannte Persönlichkeiten aus Kunst und Wissenschaft. Sie alle schätzten sich glücklich, die Mitgliedschaft bei Nell Gwynne's erlangt zu haben, denn man wußte – im Kreise der Herrschaften, die solche Dinge zu wissen pflegen –, daß es nichts brachte, um einen Fürsprecher zu betteln. Mitglied wurde man ausschließlich auf Einladung – und zwar nur nach Dafürhalten der Hausherrin.

Hin und wieder mochte jemand in der gedämpften und umsichtigen Atmosphäre des Athenaeums (oder des Carlton Clubs oder des Clubs der Reisenden) unter dem Einfluß ausreichender Mengen Portweins laut die Frage stellen, was man wohl tun müsse, um eine Einladung von Mrs. Corvey zu erhalten.

Die Antwort auf diese Frage jedoch erhielt er niemals.

Man mußte Geheimnisträger sein.

Tatsächlich machten Geheimnisse den größten Teil der Geschäfte aus, die im Nell Gwynne's getätigt wurden – wobei die Fleischeslust knapp auf dem zweiten Platz der Liste landeten. Man entlockte die Geheimnisse im Saft stehenden Mitgliedern des Parlaments, kitzelte sie aus lüsternen Kabinettsmitgliedern heraus, brachte geschwätzige Industrielle zum Plaudern und schmeichelte sie kunstvoll aus den Mitgliedern der Royal Society heraus, ebenso wie aus jenen der Britischen Vereinigung zur Förderung der Wissenschaft.

Die so gesammelten Informationen wurden aber nicht, wie man hätte glauben können, an den Meistbietenden verkauft. Sie flossen direkt auf die andere Seite Whitehalls, an Scotland Yard vorbei in ein harmlos aussehendes Backsteingebäude in Craig's Court, das den Redking Club beherbergte. Die Mitgliederschaft des Redking Club setzte sich zu gleichen Teilen aus anderen Parlamentsmitgliedern, Honoratioren und Angehörigen der Royal Society zusammen – sowie einer großen Anzahl weiterer schlauer Männer. Freilich befanden sich unter dem Redking Club noch wesentlich mehr schlaue Männer, denn in seinen Kellern, die mehrere Stockwerke ins Erdreich vordrangen, war jene Vereinigung zu Hause, die man als Spekulative Gesellschaft der Gentlemen kannte (wenn auch nur in engsten Kreisen).

Als Gegenleistung für die durch Mrs. Corvey gewonnenen Geheimnisse unterstützte die SGG ihr Etablissement, wodurch die anwesenden Damen einen angenehmen Lebensstil pflegen konnten, wenn sie nicht gerade Informationen sammelten. Tatsächlich schloß Nell Gwynne's einmal im Jahr seine Tore, und alle Anwohnerinnen fuhren in den Urlaub. Die feinsinnigeren Damen favorisierten den Lake District, doch Mrs. Corvey liebte nichts so sehr wie einen Monat am Meer, und so landeten sie in der Regel in Torbay.

Im richtigen geschichtlichen, gesellschaftlichen und wirtschaftlichen Zusammenhang betrachtet, stellte sich das Leben der Damen von Nell Gwynne's durchaus angenehm dar.

Hin und wieder hatte es natürlich seine Herausforderungen.

Kapitel 2

In welchem unsere Heldin
Augenzeugin der Geschichte wird.
Wir werden sie Lady Beatrice nennen,
da sie sich diesen Namen später selbst wählte.

Lady Beatrices Vater war ein scharfsinniger, rationaler Militär. Ihre Mama war ein wohlerzogenes Fleißiges Lieschen von einer Frau, unterwürfig, reinlich, gehegt und gepflegt. Es schmerzte sie ein wenig, festzustellen, daß die Tochter, die sie geboren hatte, deutlich energischer und direkter war, als es einem kleinen Mädchen zustand.

Traf Lady Beatrice im Garten auf eine ekelhafte große Spinne, so schrie sie weder auf, noch rannte sie davon. Sie trat sie einfach tot. Stahl ein rüpelhafter Vetter Lady Beatrices Puppe, so weinte sie weder noch bettelte sie darum. Statt dessen holte sie sich das Spielzeug einfach zurück, ungeachtet ausgerissener Haare oder zerrissener Spitze. Stürzte Lady Beatrice, so blieb sie nicht weinend am Boden liegen, bis ein

Erwachsener kam, um sie zu trösten. Sie riß sich zusammen, setzte sich auf und untersuchte ihre Knie auf Abschürfungen. Nur wenn der Schaden schmerzhafte, blutige Schrammen umfaßte, kamen ihr die Tränen, aber selbst dann hinkte sie zu ihrer Amme, um sich ausschimpfen und mit einem Pflaster versorgen zu lassen.

Lady Beatrices Mutter war außer sich und sagte, ein solches Benehmen sei einer kleinen Dame nicht würdig. Ihr Papa sagte, er sei verdammt froh, ein Kind zu haben, das nur weinte, wenn es wirklich verletzt war.

„Mein Mädchen ist hart wie Stahl, nicht wahr?" sagte er liebevoll. Was Lady Beatrices Mama dazu brachte, die Lippen zu schürzen und die Augen zusammenzukneifen.

Allerdings hatte Lady Beatrices Mama zu jener Zeit eine andere Hauptbeschäftigung, denn als sie eines Tages am Kohlbeet vorbeigekommen war, hatte sie ein Zwillingspaar Säuglinge gefunden, die ihr selbst und einander so ähnlich sahen, daß es kaum zu glauben war. Lady Beatrice konnte sich nicht an ein Kohlbeet im Garten erinnern. Sie ging hinaus und suchte es, fand aber nicht einmal eine Kohlsprosse, was sie auch beim Abendessen laut und vernehmlich erzählte. Das Gesicht ihrer Mama verfärbte sich scharlachrot. Lady Beatrices Papa brüllte vor Lachen.

Danach war Lady Beatrice eine höchst angenehme Kindheit vergönnt, zumindest ihrer eigenen Meinung nach, denn die kleine Charlotte und die kleine Louise nahmen ihre Mama ordentlich in Anspruch. Unsere Heldin bekam ein Pony und erlernte vom Stallburschen aus dem Pandschab das Reiten. Sie bekam Pfeil und Bogen und erlernte den Umgang damit. Ebenso lernte sie lesen und verschlang alle Bücher, die ihr gefielen. Die Frage nach ihrer Regimentsuniform ließ ihre Mama einen Ohnmachtsanfall vortäuschen, nachdem sie sie als unartig bezeichnet hatte, aber ihr Papa schenkte ihr zu ihrem nächsten Geburtstag eine kleine rote Jacke.

Die Geburtstage kamen und gingen. Als Lady Beatrice gerade siebzehn geworden war, wurde ihre Großmama krank, und ihre Mama nahm die Zwillinge und fuhr zurück nach England, um sie zu besuchen. Da sich zu diesem Zeitpunkt mehrere stattliche, junge Offiziere um ihre Gunst bemühten, hatte Lady Beatrice kein Interesse, sie zu begleiten, und ihre Mama war recht zufrieden damit, sie bei ihrem Papa in Indien zurückzulassen.

Man hatte erwartet, Großmamas Tod würde kurzfristig eintreten, aber er zog sich eine Weile hin, und Lady Beatrices Mama fand immer wieder den einen oder anderen Grund, ihre Rückkehr zu verschieben. Lady Beatrice hingegen genoß es, Papas Haushalt allein vorzustehen, insbesondere den Dinnerpartys, bei denen sie mit all den gutaussehenden jungen Offizieren schäkerte – und auch mit dem einen oder anderen älteren. Einer davon schrieb Gedichte, um ihre grauen Augen zu preisen. Zwei andere duellierten sich um sie.

Dann beorderte man ihres Papas Regiment nach Kabul.

Lady Beatrice verbrachte Monate allein mit den Bediensteten und entdeckte Grade der Langeweile, die sie nie für möglich gehalten hatte. Eines Tages kam die Botschaft, die Angehörigen der verheirateten Offiziere dürften diesen nach Kabul nachfolgen, um die Moral der Truppe zu stärken. Sie hatte zwar nichts von ihrem Papa gehört, schloß sich aber den übrigen Familien an. Zwei erbärmliche Reisemonate durch allen roten Staub der Welt später traf Lady Beatrice in Kabul ein.

Ihr Papa war alles andere als erfreut, sie zu sehen. Er war entsetzt. Er setzte sich mit ihr zusammen und erklärte ihr in knappen Worten, wie gefährlich ihre Situation und wie unwahrscheinlich es war, daß die Afghanen einen durch die Briten gestützten Herrscher akzeptieren würden. Jeden Augenblick könne es zur offenen Revolution kommen, und der Befehl, die Frauen und Kinder kommen zu lassen, sei eine wahnsinnige Narretei gewesen.

Lady Beatrice entgegnete ihrem Papa stolz, sie habe keine Angst, in Kabul zu bleiben, schließlich seien hier ja auch all ihre stattlichen Verehrer. Papa lachte bitter und erwiderte, er glaube, jetzt sei es ohnehin nicht sicher genug, sie allein nach Hause zu schikken.

Also blieb Lady Beatrice in Kabul und richtete ihres Papas Dinnerpartys für zunehmend gedrückte und uninteressierte junge Verehrer aus. Sie blieb bis zum Ende, als Elphinstone den Rückzug der britischen Garnison aushandelte, und war unter den verdammten Sechzehntausend, die von Kabul aus in Richtung des Chaiber-Passes aufbrachen.

Lady Beatrice wurde Zeugin, wie einer nach dem anderen starb. Sie starben an der Kälte des Januars, sie starben an den Kugeln der Ghilzai-Scharfschützen oder bei deren beritten Angriffen in kleinen Gruppen, wenn sie sich Geplänkel mit der zunehmend verzweifelten Armee lieferten. Ihr Papa starb während eines solchen Scharmützels am Khoord-Kabul-Paß, und ein Stammeskrieger der Ghilzai verschleppte die schreiende Lady Beatrice.

Man schlug und vergewaltigte Lady Beatrice. Man band sie zwischen den Pferden an. In der Nacht nagte sie das Seil durch und kroch in den Unterschlupf, in dem ihre Peiniger schliefen. Sie ergriff ein Messer und schnitt ihnen die Kehlen durch – dem letzten tat sie

Schlimmeres an, weil er erwachte und versuchte, ihr das Handgelenk zu brechen. Sie warf die Kleider ihrer Opfer über und stahl ein Paar Stiefel und Proviant. Sie nahm auch die Pferde – eines für sich zum Reiten, die anderen führte sie mit. So brach sie auf, um die Leiche ihres Vaters zu suchen.

Er war steifgefroren, als sie ihn fand, so daß sie den Plan aufgeben mußte, ihn im Sattel festzubinden und nach Hause zu bringen. Statt dessen begrub sie ihn unter einem Hügel aus Steinen und ritzte seinen Namen und sein Regiment mit dem Messer, mit dem sie ihre Vergewaltiger getötet hatte, in den obersten Felsbrocken. Dann ritt Lady Beatrice weinend von dannen, aber sie schämte sich ihrer Tränen nicht, denn der Schmerz saß tief.

Den ganzen Chaiber-Paß entlang zählte sie die britischen und indischen Toten. Bei drei unterschiedlichen Gelegenheiten ritt sie über die Leiche eines, dann eines weiteren und schließlich noch eines ihrer stattlichen jungen Verehrer. Als sie in Dschellalabad einritt, glich Lady Beatrice einem grauäugigen Gespenst. Alle Tränen in ihr waren ausgeweint.

Dort wußte niemand so richtig, was man mit ihr tun sollte. Niemand wollte über das sprechen, was geschehen war, denn der gute Name ihres Vaters stand auf dem Spiel, wie einer der Offiziere, der ihre Familie kannte, ihr erklärte. Lady Beatrice blieb während der gesamten anschließenden Belagerung Dschellalabads bei der Garnison, kochte für die Soldaten und wusch ihre Kleider. Im April, als die Belagerung gerade richtig begonnen hatte, erlitt sie eine Fehlgeburt.

Die Freunde ihres Vaters ließen Lady Beatrice schließlich nach Indien zurückeskortieren. Dort verkaufte sie die Möbel, entließ die Bediensteten, schloß das Haus ab und buchte eine Überfahrt nach England.

Nach ihrer Ankunft brauchte Lady Beatrice mehrere Wochen, um ihre Mama und die Zwillinge zu finden. Ihre Großmama war verstorben, und auf die Nachricht von dem Massaker in Afghanistan hin hatte ihre Mama sich in Trauerkleidung gehüllt und ihren älteren Bruder, einen erfolgreichen Händler, um Beistand angefleht. Die Zwillinge und sie lebten nun als Schutzbefohlene in seinem Haushalt.

Lady Beatrice erreichte ihre Türschwelle, und man begrüßte sie mit Schreckensschreien. Offensichtlich waren ihre Briefe in der Post verlorengegangen. Ihre Mutter fiel in Ohnmacht. Onkel Frederiks Frau kam dazu und fiel ebenfalls in Ohnmacht. Charlotte und Louise rannten herbei, um zu sehen, was geschehen war. Sie fielen zwar nicht in Ohnmacht, stießen aber spitze Schreie aus. Onkel Frederik folgte ihnen und starrte den Heimkömmling an, daß ihm die Augen schier aus dem Schädel quollen.

Nachdem man ihre Mama und Tante Harriet ins Leben zurückgeholt hatte, saßen sie engumschlungen und weinend auf einer Récamière, während Lady Beatrice berichtete, was ihr zugestoßen war.

Es folgte eine lange, schmerzliche Debatte. Sie dauerte den Tee und das Abendessen hindurch an. Es erwies sich, daß man Lady Beatrices unerwartete Rückkehr unter die Lebenden als ausgesprochen lästig empfand, auch wenn man sie durchaus tiefempfunden und ernsthaft betrauert hatte, als Mama annehmen mußte, sie sei gestorben. Hatte sie denn keinen Gedanken daran verschwendet, was für eine Schande sie über das Haus brachte, wenn sie zurückkehrte, nach allem, was ihr geschehen war? Was sollten Tante Harriets Nachbarn denken?

Ihr Onkel Frederik sagte ihr praktisch ins Gesicht, sie habe in jenen Monaten in Dschellalabad ihren Körper an die Soldaten des dreizehnten Regiments verkauft – und falls nicht, so hätte sie es genausogut tun können, denn jeder hier würde es glauben.

An diesem Punkt fiel ihre Mama erneut in Ohnmacht. Während der allgemeinen Bemühungen, sie wieder zu sich zu bringen, attackierten Charlotte und Louise ihre Schwester aufs heftigste und beschimpften sie ob ihrer Selbstsucht. Hatte sie denn keinen Gedanken daran verschwendet, welche Auswirkungen ihre skandalösen Erlebnisse auf ihrer beider Aussichten auf eine gute Partie haben würden? An diesem Punkt setzte ihre Mama sich wieder auf und flehte Lady Beatrice unter Tränen an, ins Kloster zu gehen. Diese antwortete, sie glaube nicht mehr an Gott.

Daraufhin erhob sich ihr Onkel Frederik vom Abendessenstisch, das Gesicht vor Wut dunkel verfärbt, während die Bediensteten gerade den Fischgang auftrugen. Er teilte Lady Beatrice mit, sie dürfe diese eine Nacht um ihrer armen Mama willen unter seinem Dach schlafen, aber am nächsten Morgen werde er sie persönlich ins nächste Kloster bringen.

Woraufhin ihre Tante Harriet wiederum in den Raum warf, das nächste Koster befinde sich in Frankreich, so daß er den ganzen Tag fahren und obendrein noch eine Schiffspassage werde buchen müssen, was alles andere als achtbar sei. Ihr Onkel Frederik brüllte, das sei ihm gottverdammt egal. Ihre Mama wurde erneut ohnmächtig.

Lady Beatrice entschuldigte und erhob sich. Sie ging nach oben, fand das Zimmer ihrer Mutter, plünderte deren Schmuckkästchen und verließ das Haus durch die Hintertür.

Sie erwischte im Dorf die Nachtkutsche nach London, wo sie eine Halskette ihrer Mutter versetzte und sich für ein Quartal in einem kleinen Raum in der Marylebone Road einmietete. Danach suchte sie eine Schneiderin auf und ließ sich aus der strahlendsten scharlachroten Seide, die sie in deren Stoffvorräten finden konnte, ein Ensemble abstecken. Später suchte sie einen Hutmacher auf und gab die passende Kopfbedeckung in Auftrag.

Am nächsten Tag suchte sie in den Geschäften nach Schuhen und fand ein Paar von der Stange in ihrer Größe, die wirkten, als kämen sie mit weiten Strekken zurecht. Des weiteren erstand Lady Beatrice eine Auswahl an Kosmetika.

Sie holte ihr scharlachrotes Gewand ab, als es fertig war. In ihrem Zimmerchen legte sie es an und stellte sich vor das gesprungene Spiegelglas über ihrem Waschtisch. Hoch erhobenen Hauptes umrandete sie ihre grauen Augen mit dem schwärzesten Kohlstift.

Was blieb ihr noch, außer zu sterben?

Kapitel 3

In welchem sie ihr Leben fortsetzt.

Die Arbeit schien keineswegs so furchtbar zu sein, wie Lady Beatrice gehört hatte. Allerdings wurde ihr klar, daß ihre Perspektive ein wenig ungewöhnlich war. Sie fand nie Befriedigung durch den Akt, aber zumindest war er nicht schmerzhaft wie zuvor auf dem Chaiber-Paß. Sie achtete sorgfältig darauf, stets mehrere Lammhaut-Hüllen in ihrem Pompadour mitzuführen, und ließ ihren Körper schuften wie einen Brauereigaul. Er leistete ihr gute Dienste und ermöglichte ihr anständige Mahlzeiten, einen sauberen Schlafplatz sowie Bücher. Lady Beatrice entdeckte, daß sie Bücher noch immer schätzte.

Den Männern gegenüber, die ihr Bett teilten, empfand sie nichts, im guten wie im bösen.

Lady Beatrice fand schnell heraus, welche Gegenden sich am besten für ihr Geschäft eigneten und wo sie nicht von betrunkenen Arbeitern belästigt wurde: vor Theatern, den besseren Restaurants und Weinbars. Sie entdeckte, daß ihr Aussehen und ihre Stimme ihr gegenüber den anderen leichten Mädchen einen Vorteil verschafften, denn diese setzten sich vor allem aus verzweifelten Landpomeranzen und Cockney-Frauen aus dem Londoner East End zusammen. Sie beobachtete, wie sie sich durch ihre Nächte kämpften, wie sie immer betrunkener und heiserer wurden und wie sich die blauen Flecke auf ihren Oberarmen zunehmend dunkler verfärbten.

Die anderen Frauen beäugten sie ungläubig und voller Neid, insbesondere, wenn wieder ein alternder Gentleman mit Diamant am Revers ihr aufdringliches Spalier mit unbewegter Miene durchschritt, ihre Hände abschüttelte und die Ohren gegenüber ihren schmutzigsten Lockrufen verschloß, nur um mitten im Schritt zu verharren, wenn Lady Beatrice in seinen Weg trat. „Oi! Mylady hat sich wieder einen geklaut!" schrie dann eine. Ihr gefiel der Name.

Eines Nachts lauerten ihr drei mit Knüppeln bewaffnete Huren in einer Seitengasse des Strand auf. Sie zog ein Messer – denn sie trug stets eines bei sich –, hielt sie in Schach und erzählte ihnen, was sie den Ghilzai-Stammeskriegern angetan hatte. Sie wichen zurück und flohen. Sie verbreiteten das Gerücht, Milady sei vollkommen wahnsinnig.

Lady Beatrice war keineswegs wahnsinnig. Ja, der Schnee des Chaiber-Passes hatte sich scheinbar um ihr Herz gelegt und es für die meisten Gefühle unempfänglich gemacht. Ihr Geist jedoch war scharf und klar wie Eis. Es fiel ihr sogar schwer, die anderen Huren zu verachten, obwohl sie klar erkannte, daß die meisten nicht die hellsten waren, zu viel tranken, sich regelmäßig in Männer verliebten, die sie schlugen, und sich in Selbstmitleid und Verbitterung suhlten.

Lady Beatrice trank nie. Sie lebte sparsam. Sie eröffnete ein Bankkonto und sparte das Geld, das sie verdiente, an, legte aber genug beiseite, um tadellose Kleidung und den einen oder anderen Roman erwerben zu können. Sie errechnete, was sie ansparen mußte, um sich zur Ruhe setzen und ein unauffälliges Leben führen zu können. Auf dieses Ziel arbeitete sie hin. Die Mauer zwischen ihrem Körper und ihrem Geist erhielt sie sorgsam aufrecht – im einen nur nominell zu Hause, im anderen wirklich anwesend.

Eines Abends schlenderte sie über das Pflaster vor dem Britischen Museum – gemessen an den wohlhabenden Freiern, die sie hier schon gefunden hatte, ein exzellenter Ort für ihr Geschäft –, wo sie ein früherer Kunde wiedererkannte und für einen Herrenabend in der folgenden Nacht engagierte. Lady Beatrice legte für diesen Anlaß ihr bestes scharlachrotes Abendkleid an und nahm eine Droschke.

Auf der Feier, die anläßlich eines sportlichen Erfolges stattfand, erkannte sie einige ihrer besser gekleideten Rivalinnen, und sie nickten einander huldvoll zu. Einer nach dem anderen taten sich die korpulenten Bankiers und Ritter Ihrer Majestät mit einer Kurtisane zusammen. Lady Beatrice dachte gerade, sie hätte gern mehr Engagements dieser Art, als sie eine leise Stimme ihren Namen rufen hörte.

Sie wandte sich um und erblickte einen alten Freund ihres Vaters, den sie einmal eine Stunde lang mit ihrem charmanten Geplauder bezaubert hatte. Schnell trat Lady Beatrice zu ihm.

„Diesen Namen benutze ich nicht mehr“, sagte sie.

„Aber mein liebes Kind, was ist dir nur geschehen?“

„Wollen Sie die Antwort wirklich hören?“

Er blickte sich verstohlen um, ergriff ihr Handgelenk, zog sie in ein Hinterzimmer und schloß die Türe hinter ihnen, was ihm lautes Gelächter von jenen Gästen eintrug, die nicht zu beschäftigt waren, es zu bemerken.

Lady Beatrice setzte sich auf einen Diwan und erzählte ihm in knappen, nüchternen Worten ihre Geschichte, während er rauchend vor ihr auf und ab ging. Als sie geendet hatte, sank er ihr gegenüber in einen Stuhl und schüttelte den Kopf.

„Du hast Besseres im Leben verdient, meine Liebe."

„Niemand verdient ein gutes oder schlechtes Schicksal", sagte Lady Beatrice. „Die Dinge geschehen einfach, und man steht sie durch, so gut man kann."

„Mein Gott! Das stimmt: dein Vater pflegte das auch zu sagen. Er schreckte nie vor Unannehmlichkeiten zurück. In dieser Hinsicht kommst du ganz nach ihm. Er sagte immer, du seiest hart wie Stahl."

Lady Beatrice vernahm das Zitat mit einer gewissen Verblüffung. Es beschwor Erinnerungen an ein lang vergangenes Leben herauf. Es war ihr, als seien diese Dinge einem anderen Mädchen passiert.

Der alte Freund betrachtete sie mit einem seltsam gemischten Ausdruck: aus Mitleid und einer gewissen Berechnung. „Um deinet und deines Vaters willen würde ich dir gerne helfen. Darf ich wissen, wo du lebst?"

Lady Beatrice nannte ihm nur allzu bereitwillig ihre Adresse. „Wobei ich Ihnen einen Besuch nicht empfehlen würde", sagte sie. „Sollten Sie galante Regungen zu meiner Rettung verspüren, lassen Sie sie bitte fahren. Keine Dame Londons würde mich nach dem, was mir widerfahren ist, aufnehmen, das wissen Sie so gut wie ich."

„Ich weiß, meine Liebe." Er erhob und verbeugte sich. „Doch es gibt wenige Frauen, die Stahl in sich tragen. Es wäre eine Schande, deine Qualitäten verschwendet zu sehen."

„Wie reizend", sagte Lady Beatrice.

Sie versprach sich nichts von der Begegnung und war daher recht überrascht, als es drei Tage später an der Tür ihrer Unterkunft klopfte.

Eher noch überraschter war sie, als sie die Tür öffnete und eine blinde Frau sah, die nach Lady Beatrice fragte. „Das bin ich", gab sie zu.

„Darf ich dann auf ein Wort hereinkommen?"

„Auf so viele Sie wollen", sagte Lady Beatrice. Die Blinde schwenkte ihren Gehstock vor sich hin und her, als sie eintrat. Durch eine glückliche Fügung traf sie einen Stuhl und ließ sich nieder. Trotz ihrer Behinderung war sie keine Bettlerin, sondern erstaunlich gepflegt und gut gekleidet. Sie wirkte wenn schon nicht wie eine Dame der höheren Gesellschaft, so doch wie eine achtbare Mutter. Ihr Akzent wies darauf hin, daß sie der Unterschicht entstammte, doch sie sprach leise und mit präziser Diktion. Sie streifte

Handschuhe und Häubchen ab und legte beides in ihren Schoß, ihr Stock lehnte in ihrem Arm.

„Danke. Ich darf mich vorstellen: Mrs. Elizabeth Corvey. Wir haben einen gemeinsamen Freund." Sie nannte den Namen des Herrn, der Lady Beatrice in ihrem früheren Leben gekannt hatte.

„Ah", sagte Lady Beatrice. „Ich nehme an, Sie leiten eine Wohltätigkeitsorganisation für gefallene Frauen."

Mrs. Corvey kicherte. „Das würde ich nicht sagen, Miss, nein." Sie wandte Lady Beatrice ihr Gesicht mit den Augengläsern zu. Das Rauchglas der Brille war sehr schwarz und durchaus auffällig. „Keine der Damen in meinem Etablissement bedarf der Wohltätigkeit. Sie kommen durchaus gut zurecht. Ebenso wie Sie, scheint es mir. Ihr Freund berichtete mir, was Sie gesehen und erlebt haben. Bedauerlicherweise läßt sich nichts davon ungeschehen machen. So ist der Lauf der Welt. Darf ich fragen, ob Sie daran interessiert wären, Ihre Vorzüge an einem besseren Ort als auf der Straße einzusetzen?"

„Unterhalten Sie ein Freudenhaus, Madame?"

„Ja und nein", sagte Mrs. Corvey. „Wäre es ein Freudenhaus, so wäre es mit Sicherheit ein erstklassiges, mit Mädchen von Ihrer Schönheit und Schläue, manche sogar mit Ihrer Herkunft. Anders als ich; ich bin im Armenhaus geboren.

Mit fünf Jahren verkaufte man mich an eine Nadelfabrik. Man braucht kleine Hände, um Nadeln zu machen, wissen Sie, und junge, scharfe Augen. Man bevorzugt kleine Mädchen als Arbeiterinnen, denn sie stellen sich wesentlich sorgfältiger an als kleine Jungen. Wir arbeiteten an einem langen Tisch, schnitten Draht, feilten die Spitzen zurecht und hämmerten die Köpfe breit. Wenn es dunkel wurde, arbeiteten wir bei Kerzenlicht, und die Vorarbeiterin las uns aus der Bibel vor. Im Alter von zwölf Jahren war ich blind, aber ich kannte die Heilige Schrift, das können Sie mir glauben.

Danach taugte ich logischerweise nur noch für eines, nicht wahr? Also wurde ich an eine Art Spezialhaus verkauft, in dem man allerhand seltsame Kerle vorfindet. Kranke, häßliche und schüchterne. Ich wurde zweimal schwanger und bekam Syphillis. Ich hoffe, ich schockiere Sie nicht. Wir sind beide herumgekommen. Jedenfalls verlor ich die Zeit aus den Augen, aber ich muß etwa siebzehn gewesen sein, als ich dort herauskam. Möchten Sie wissen, wie es mir gelang?"

„Ja, Madame, in der Tat."

„Dieser Kerl kam, um mich zu sehen. Er zahlte extra, um mich einen Abend lang für sich allein zu haben, und ich dachte ‚oh Gott, nein', denn man wird es so leid mit der Zeit, und die Herren mögen es nicht, wenn man ihnen nicht seine volle Aufmerksamkeit schenkt. Aber dieser Kerl wollte nur eines: reden.

Er stellte mir allerlei persönliche Fragen – wie alt ich sei, woher ich stamme, ob ich Familie habe, warum ich blind sei. Er sagte, er gehöre zu einem Club wissenschaftlich interessierter Herren. Er sagte weiterhin, diese glaubten, einen Weg gefunden zu haben, Blindheit zu kurieren, und schließlich sagte er, er würde mich aus dem Haus freikaufen, wenn ich die Spekulative Gesellschaft der Gentlemen ihre Methode an mir ausprobieren ließe, dafür sorgen, daß meine Pocken behandelt würden, und er würde für ein ehrliches Leben für mich aufkommen.

Er warnte mich, daß ich meine Augen einbüßen werde. Ich antwortete, das sei mir egal – sie waren ohnehin nutzlos, nicht wahr? Er erwiderte, ich könne mich verunstaltet fühlen, doch ich entgegnete, das sei mir ebenso egal – was hatte mein Aussehen mir je genützt?

Um es kurz zu machen: Ich ging mit ihm und ließ es machen. Ich verlor meine Augen und wurde verunstaltet, doch ich habe es keinen Tag bereut."

„Sie wirken nicht verunstaltet", sagte Lady Beatrice. „Augenscheinlich konnte man Ihre Blindheit nicht heilen."

Mrs. Corvey lächelte. „Ach nein? Die Uhr zeigt halb eins, und Ihre Augen sind von einem verblüffenden Grau – anders als meine. Sie sind aus hartem Holz geschnitzt, daher bin ich sicher, daß Sie jetzt nicht kreischen werden." Damit nahm sie ihre Augengläser ab und enthüllte ihre Augen.

Lady Beatrice, die aufrecht vor ihr gestanden hatte, machte einen Schritt rückwärts und umklammerte die Kante des Tisches hinter ihr.

„Ach je, Sie sind ganz blaß geworden", sagte Mrs. Corvey amüsiert. „Läßt Ihren scharlachroten Mund ganz wunderbar strahlen. House of Rimmel Rot Nummer Drei, nicht wahr? Nicht so rosa wie ihre Nummer Vier. Lassen Sie mich Ihre Bücher ansehen! Sartor Resartus, Catherine, Falkner – Ihr neuestes, oder? –, und was ist das auf Ihrem Nachttisch?" Die Messingokulare, die in Mrs. Corveys Gesicht eingebettet waren, fuhren doch tatsächlich mit einem leisen, surrenden Geräusch aus und schwenkten in Richtung von Lady Beatrices Bett. „Nicholas Nickleby. Ja, das hat mir auch sehr gefallen.

Ich hoffe, ich habe meinen Standpunkt jetzt ausreichend verdeutlicht, Miss."

„Wie schrecklich", sagte Lady Beatrice leise.

„Das würde ich nicht sagen, Miss! Gegenüber der Zeit davor hat sich mein Zustand so sehr verbessert, daß ich morgens wie abends niederknien und Gott danken würde, wenn ich glauben könnte, daß er eine wie mich je wahrnehmen würde. Ich kann sehen! Ich bin gesund – die Spekulative Gesellschaft der Gentlemen hat ein ausgezeichnetes Heilmittel für die Pocken – und habe eine angenehme Arbeit. Ich bin hier, um Ihnen eine ebensolche anzubieten."

„Müßte ich mit meinen Augen dafür bezahlen?" erkundigte sich Lady Beatrice.

„Ach du meine Güte, nein. Es wäre ein Verbrechen, Sie zu verunstalten, insbesondere, da Ihr Aussehen so nützlich sein kann. Soweit ich es verstanden habe, sind Sie eine Soldatentochter, Miss. Was würden Sie davon halten, Ihren Ehrverlust in eine Waffe im Dienste einer guten Sache zu verwandeln?

Die Gesellschaft ist sehr alt, müssen Sie wissen. Früher mußte sie ihr Tun streng geheimhalten, da die Menschen sie und ihre erstaunlichen Erfindungen sonst als Hexen und Hexenwerk verbrannt hätten. Die Geheimhaltung erwies sich auch in aufgeklärteren Zeiten als nützlich. Es gibt viele Geräte, die unser Leben erleichtern, die die Gesellschaft erfunden hat. Sie arbeitet daran, die Welt weiter zu verbessern.

Bei dieser Arbeit, Miss, hilft es ihr, Einfluß auf die Minister und Parlamentsmitglieder zu haben, und wer beeinflußt einen Mann besser als ein hübsches Mädchen? Ein Mädchen mit entsprechendem Charme kann die Zunge eines Mannes lockern und alles mögliche herausfinden, das die Gesellschaft wissen muß. Ein Mädchen mit entsprechendem Charme kann einen Mann dazu bringen, alles mögliche zu tun, das er nie tun würde, wenn es noch jemand anderes sehen könnte.

Natürlich kann ich nichts sehen, denkt er zumindest, denn ich offenbare mein Geheimnis niemals. Ein Minister ist froh, wenn die Mamsell seines Lieblingsbordells ihn vor Gericht nicht identifizieren kann. Um so leichter für uns, ihn später in die Falle zu locken. Um so leichter, ihn davon zu überzeugen, ein Gesetz zu unterschreiben oder für oder gegen etwas zu stimmen, ganz im Sinne der Spekulativen Gesellschaft.

Sie und ich, wir wissen, wie leicht man ein Mädchen ruinieren kann, während die Welt das gleiche Verhalten bei einem Mann billigt. Haben Sie nicht Lust, dieses Verhältnis umzukehren?

Sie und ich wissen, wie wenig unsere Körper wert sind, egal, welches Aufheben die Männer darum machen. Wollen Sie Ihren nicht für etwas Gutes einsetzen? Wir haben andere Mädchen wie Sie – schlaue, wohlgeborene Mädchen. Sie haben einen Fehler gemacht oder hatten – wie Sie – Pech, und die Welt stieß sie dafür in die Gosse. Doch sie stellten fest, daß sie dort nicht bleiben mußten.

Dasselbe gilt für Sie, Miss. Wir bieten Ihnen ein sauberes, ruhiges Zimmer mit Blick auf den St. James's Park. Ich werde dieser Aussicht nie müde. Außerdem ein ruhiges Leben, außer, wenn Sie arbeiten. Ihnen drohen niemals Schläge oder Krankheiten. Wir werden alle gut bezahlt. Wollen Sie sich uns anschließen?"

Lady Beatrice überlegte einen Augenblick lang.

„Ich glaube schon", erwiderte sie.

Zur großen Erleichterung der übrigen Bordsteinschwalben tat sie es.

Kapitel 4

*In welchem sie sich einrichtet
und nützliche Dinge lernt.*

Lady Beatrice stellte fest, daß Mrs. Corvey die reine Wahrheit gesprochen hatte. Das Haus am Birdcage Walk war in der Tat ein Schmuckstück, geräumig und grenzte an den St. James's Park. Ihr persönlicher Raum war voll der besten Luft und des besten Lichts, die man in London bekommen konnte. Des Weiteren bot er reichlich Regalplatz für ihre Bücher, einen großzügigen Kleiderschrank sowie ein sauberes, bequemes Bett.

Auch ihre Mitbewohnerinnen empfand sie als höchst angenehm.

Mrs. Otley war für den Birdcage Walk eine recht gebildete junge Dame, die in Lyme Regis Fossilien gesammelt und eine gerahmte Gravur einer Szene in Pompeji in ihrem Zimmer hängen hatte. Im Nell

Gwynne's trug sie üblicherweise eine Jockey-Montur und unterhielt eine Vitrine mit Pferdebedarf, mit dem sie die Geschmäcker der Herren befriedigte, denen es gefiel, mit einer Reitgerte geschlagen zu werden, während man sie zwang, Trense und Zügel zu tragen.

Miss Rendlesham war zwar still, bebrillt und eine begeisterte Gärtnerin, arbeitete aber ebenfalls im Disziplin-Geschäft, sowohl im allgemeinen wie (so es erforderlich wurde) im speziellen. In der Regel entsprach ihre Kleidung der einer Schuldirektorin, und sie war Expertin für jenen harschen, inquisitorischen Tonfall, der ein Parlamentsmitglied sehr schnell zum kleinen Schuljungen machte, der sehr, sehr ungezogen gewesen war.

Im Gegensatz dazu war Herbertina Lovelock ein guter Junge. Sie sah aus wie ein engelhafter Bursche aus einem elitären Internat, in dem man unkonventionellen Lastern frönte. Ihre Kleidung war stets die eines Herrn; ihr Haar war kurz und mit Pomade glattgestrichen. Sie rauchte Zigarren, las mit hochgelegten Füßen die Sportzeitung und ging ab und an zum Pferderennen. Im Nell Gwynne's besaß sie einen Wandschrank voller Militäruniformen der Armee und der Marine, deren Hosen äußerst eng geschnitten waren und gepolsterte Knie hatten.

Die Misses Devere waren drei Schwestern, Jane, Dora und Maude, blond, brünett und rothaarig. Ihre

Arbeit im Nell Gwynne's bestand aus unspezifizierter Hurerei, wenn gewünscht auch als Gruppe.

Sie waren die einzigen, die Lady Beatrice etwas über ihre Vergangenheit erzählten: Anscheinend war ihr Papa ein Gentleman gewesen, hatte sich aber in der üblichen Weise durch Suff, Glücksspiel und Aktienspekulationen ruiniert. Je nachdem, ob Jane, Dora oder Maude die Geschichte erzählte, hatte Papa sich entweder das Hirn weggeblasen, sich mit einer Liebhaberin auf den Kontinent abgesetzt oder war ein Opiumraucher in einem Loch in Limehouse und unbeschreiblich degeneriert. Jane spielte Klavier, Dora Ziehharmonika und Maude sang. In anderen Dingen waren sie ähnlich versiert.

Alle Damen, die im Haus am Birdcage Walk lebten, erwiesen sich bei näherem Kennenlernen als freundlich. Lady Beatrice saß gerne nach dem sonntäglichen Abendessen im Gemeinschaftssalon (sonntags hatte Nell Gwynne's geschlossen) und widmete sich der Stickerei, während Herbertina vorlas oder die Misses Devere ein Potpourri bekannter Lieder zum besten gaben und Miss Rendlesham Gartenblumen in einer Vase arrangierte. Man befand, Lady Beatrice solle ihr scharlachrotes Kostüm auf keinen Fall ändern, da es bei den Kunden geradezu elektrische Spannung erzeugte. Allerdings besuchten Mrs. Corvey und Herbertina mit ihr den Schneider und ließen einige Ensembles in sozialverträglicheren Farben für den Alltag erstellen. Mrs. Otley schenkte ihr eine Statuette der Göttin Athene aus ihrer Antiquitätensammlung, denn, so sagte sie: „Du gleichst ihr so sehr, meine Liebe, mit diesen außergewöhnlichen Augen!"

Alles in allem empfand Lady Beatrice ihre neue Situation als äußerst angenehm.

„Aber Herr Major, Sie werden mir doch nicht den Rohrstock geben, oder?" quietschte Herbertina. „Nicht für ein derart geringes Vergehen?"

„Ich werde mehr tun, als Ihnen den Rohrstock geben, Sie junger Teufel!" Der Major, beziehungsweise das Parlamentsmitglied in der Majorsuniform grinste anzüglich. Er packte Herbertina am Arm und zerrte sie unter Protest zu einer gepolsterten Sitzbank. „Hosen runter und vorbeugen!"

„Oh, Herr Major! Muß ich?"

„Das ist ein Befehl! Bei Gott, Sir, ich werde Sie lehren, was Gehorsam bedeutet!"

„Blicken Sie durch diesen Sucher und justieren Sie die Linse, bis das Bild scharf ist", flüsterte Mrs. Corvey im dunklen angrenzenden Raum. Lady Beatrice spähte in die Kamera und erblickte den etwas verschwommenen Major, der fröhlich seine eigene Reithose fallen ließ.

„Wie justiert man ihn?“ erkundigte sich Lady Beatrice.

„Dieser Ring läßt sich drehen“, erklärte Mrs. Corvey und zeigte darauf. Lady Beatrice drehte ihn, und der Major stellte sich scharf, ganz deutlich *in flagranti delicto*. Herbertina sah eher gelangweilt aus, während sie in jungenhaftem Schrecken aufschrie.

„Jetzt drücken Sie auf den Auslöser“, sagte Mrs. Corvey. Lady Beatrice tat es: Die Gaslampen im Nachbarzimmer flackerten für einen Augenblick, doch der Major war viel zu abgelenkt, um die plötzliche Helligkeit wahrzunehmen oder das leise Klicken zu hören.

„Haben wir eine Daguerreotypie gemacht?“ fragte Lady Beatrice beeindruckt, denn sie hatte erst kurz zuvor in einer wissenschaftlichen Zeitschrift, die Miss Rendlesham abonniert hatte, einen Artikel über dieses Verfahren gelesen.

„Aber nein, meine Liebe; dieses Verfahren hier ist fortschrittlicher. Die Spekulative Gesellschaft stellt es uns zur Verfügung.“ Mrs. Corvey ließ die Platte herausgleiten und legte eine neue ein. „Dabei entsteht ein Bild, das sich auf Papier drucken läßt. Dies hier ist lediglich für unsere Akten. Wir müssen warten, bis er etwas ruhiger wird, um ein Bild zu machen, das wir einsetzen können. Herbertina wird Ihnen das Signal geben."

Lady Beatrice beobachtete, wie der Major zu seinem Höhepunkt ritt und schließlich über Herbertina zusammenbrach. Sie endeten spärlich bekeidet an die Sitzbank gelehnt.

„Nun", sagte der Major etwas außer Atem, „sagen Sie mir, wie groß ich war und wie machtlos Sie sich gefühlt haben."

„Oh, Herr Major, wie können Sie einem jungen Mann so etwas antun? Ich habe mich noch nie so hilflos gefühlt", sagte Herbertina mit tränenerstickter Stimme, während sie hinter ihrem Rücken ein Handzeichen gab. Lady Beatrice sah es und drückte erneut auf den Auslöser. Abermals flackerten die Lampen auf. Der Major kniff irritiert die Augen zusammen, dachte aber nicht weiter darüber nach, da Herbertina seine Aufmerksamkeit über die nächsten fünf Minuten dadurch fesselte, daß sie ihm detailliert vorlog, wieviel Angst sie gehabt hätte, wie unterworfen der junge Soldat sich fühlte und wie gigantisch das Gemächt das Majors gewesen war.

Leider hörten weder Mrs. Corvey noch Lady Beatrice ihre inspirierten Improvisationen, denn beide hatten sich in einen kleinen, von roten De-la-Rue-Glühlampen erhellten Raum zurückgezogen, der einem chemischen Labor glich. Sie banden sich Stoffmasken vor Mund und Nase und entwickelten die Platten.

„Die sind sehr gut", lobte Mrs. Corvey. „Bei meiner Seele, meine Liebe – Sie haben ein Talent für die Photographie."

„Sollen sie für Erpressungen verwendet werden?"

„Bitte? Aber nein; das heißt, nur, wenn es nötig werden sollte. Falls es dazu kommt, kann man dieses hier" – sie hielt das zweite Bild hoch, auf dem der Major über der Sitzbank lag – „auf eine Daguerreotypie kopieren und mit einer Bitte um Kooperation überbringen. Jetzt wandern die Bilder erst mal in seine Akte. Jeder unserer Kunden hat eine Akte, müssen Sie wissen. Wenn das Geschäft brummt, sind Aufzeichnungen über die Vorlieben und Abneigungen unserer Kunden höchst praktisch."

„Das denke ich mir. Wann wird eine Erpressung denn nötig, wenn ich fragen darf?"

„Wenn die Geschellschaft sie benötigt. Das kommt nicht sehr häufig vor. Sie kann auch selbst sehr überzeugend sein und muß nur in seltenen Fällen solch extreme Maßnahmen ergreifen. Aber man weiß nie." Mrs. Corvey hängte die Photoabzüge zum Trocknen auf und betätigte den Hebel, der die roten Lampen verlöschen ließ. Sie verließen den Raum und schlossen die Tür hinter sich. Die beiden Frauen betraten den verborgenen Korridor zwischen den abgeschotteten Räumen, aus denen im Wechsel Laute der Leidenschaft, flehende Schreie und gelegentlich das rhythmische Zischen und Knallen eines Rohrstocks über inbrünstigen Bekenntnissen von Ungezogenheiten zu hören waren.

„Sind alle Kunden Männer von Stand?“ wollte Lady Beatrice wissen und mußte ihre Stimme etwas erheben, um sich Gehör zu verschaffen, weil in einem der angrenzenden Räumen ein tiefer Bariton bekannte: „Ja! Ja! Ich habe die Kuchen gestohlen!“

„In der Regel ja, aber dann und wann bedienen wir auch Männer der Spekulativen Gesellschaft. Diese Genossen regeln die Geschicke der Gesellschaft draußen, die Laufarbeit sozusagen. Sie haben dieselben Bedürfnisse wie alle Männer, und die meisten arbeiten deutlich härter. Daher sind wir gern zu Diensten. Natürlich ist das etwas ganz anderes als unsere Dienste für Staatsmänner und Konsorten.

Tatsächlich gibt es einen eher charmanten Brauch – zumindest ich empfinde ihn so –, nämlich die neuen Mitarbeiter zu verwöhnen, ehe sie erstmals im Dienste der Gesellschaft aufbrechen. So haben sie etwas Schönes für den Weg, die armen Kerle, denn dann und wann fallen sie in Erfüllung ihrer Pflicht. Traurig.“

„Ist ihre Arbeit denn gefährlich?“

„Sie kann es sein." Mrs. Corvey machte eine vage Geste. Sie betraten den abgeschiedenen Raum, der ihr als Büro diente, durch ein bewegliches Wandpaneel und schlossen es gerade, als Violet, das Mädchen für alles, von der Rezeption hereintrat.

„Mrs. Corvey, wenn es geht – Mr. Felmouth kam vor einer Minute mit dem Aufsteigenden Raum an, um seine Aufwartung zu machen. Er hat seinen Koffer dabei."

„Dann wird er seinen Tee wollen. Wie reizend! Ich hatte gehofft, man würde uns ein paar neue Spielzeuge bewilligen." Mrs. Corvey hob ein Gerät von ihrem Schreibtisch, eine Art Sprachrohr aus Messing und schwarzem Wachs, und sprach nach einem kurzen Augenblick hinein: „Tee, bitte, und einen Teller mit Leckereien. In den Empfangsraum. Danke."

Sie legte das Gerät weg. Lady Beatrice betrachtete es in stiller Bewunderung. „Eine weitere Erfindung der Spekulativen Gesellschaft?"

„Sie hat es nur gebaut; die Erfindung stammt von einer unserer Damen. Miss Gleason. Sie hat sich von dem Bonus in einem hübschen Landhäuschen in Schottland zur Ruhe gesetzt, was mich sehr freut. Jedes Jahr zu Weihnachten schickt sie uns ein Dutzend Moorhühner. Nun folgen Sie mir, meine Liebe, und ich stelle Sie Mr. Felmouth vor. So ein diensteifriger Mann!"

Kapitel 5

In welchem wir geniale Geräte kennenlernen.

Der Empfangsraum war um einiges größer als ein Privatgemach, mit edler, alter, dunkler Wandvertäfelung aus Holz und einem dicken Teppich. Weitere De-la-Rue-Lampen hinter gefärbten Glasscheiben beleuchteten ihn. Ein Herr mittleren Alters hatte bereits Hut und Mantel abgelegt und aufgehängt sowie seine Hemdsärmel hochgerollt. Er saß auf der Kante eines Diwans und wühlte mit vorgebeugtem Oberkörper in einem offenen, kleinen Koffer. Als sie eintraten, sprang er auf.

„Mr. Felmouth", sagte Mrs. Corvey und streckte ihm die Hand entgegen.

„Mrs. Corvey!" Mr. Felmouth verbeugte sich, ergriff die dargebotene Hand und küßte sie.

„Darf ich unsere neue Schwester vorstellen? Lady Beatrice. Lady Beatrice, das ist Mr. Felmouth von der Spekulativen Gesellschaft. Er ist einer ihrer geschicktesten Handwerker."

„Wie ist das werte Befinden?"

„Erfreut, Ihre Bekanntschaft zu machen, Ma'am", sagte Mr. Felmouth leicht stammelnd. Er hustete, errötete und zupfte unsicher an seinen hochgekrempelten Ärmeln. „Ich hoffe, Sie werden meinen Aufzug entschuldigen, meine Liebe – man verliert sich so schnell in seiner Arbeit."

„Bitte setzen Sie sich", sagte Mrs. Corvey und ließ sich nieder. In diesem Moment erklang ein Glöckchen, und eine bisher unsichtbare Tür in den Wandpaneelen schwang auf. Ein Paar züchtig gekleideter Dienstmädchen brachte den Tee und den Imbiß und richtete beides auf einem Tischchen neben Mrs. Corveys Stuhl an, ehe es sich durch dieselbe Tür wieder zurückzog. Man goß Tee ein und machte höfliche Konversation über Alltagsthemen, während Mr. Felmouths Blick immer wieder von Lady Beatrice über sein offenes Köfferchen am Boden zu Mrs. Corvey und wieder zurück wanderte.

Schließlich stellte er seine Tasse und Untertasse zur Seite. „Köstliche Stärkung. Meine Empfehlung an Ihr Personal, Ma'am. Nun muß ich fragen – wie kommen Sie mit der momentanen Optik zurecht, meine Liebe?"

„Sehr gut", sagte Mrs. Corvey. „Ich habe ganz besondere Freude an der Teleskopfunktion. Sehr nützlich am Meer, wobei man natürlich aufpassen muß, nicht beobachtet zu werden."

„Natürlich. Ist das Implantat weiterhin bequem? Keine Reizung?"

„In letzter Zeit nicht, Mr. Felmouth."

„Sehr gut. Freut mich zu hören." Felmouth rieb sich die Hände. „Ich habe jedoch mit der einen oder anderen Verbesserung experimentiert ... darf ich es Ihnen vorführen?"

„Aber ja, Mr. Felmouth."

Er stürzte sich sofort in sein Köfferchen und zog ein lederüberzogenes Kästchen hervor, das in etwa die Größe eines Brillenetuis hatte. Mit großer Geste öffnete er es. Lady Beatrice sah ein Paar optischer Geräte vor sich, das jenem glich, das zum Vorschein kam, wenn Mrs. Corvey die Augengläser abnahm, was sie nun auch tat. Unwillkürlich wandte Lady Beatrice den Blick ab, sah aber wieder hin, als Felmouth Mrs. Corvey das Kästchen reichte.

„Sie werden merken, Ma'am, die hier sind um einiges leichter. Mr. Stubblefield in der Herstellung hat eine neue Legierung entdeckt", sagte Mr. Felmouth, während er eine Tasche mit kleinem Werkzeugen aufrollte. Mrs. Corveys Optik fuhr mit einem Sirren aus, als sie das neue Modell untersuchte.

„Ja, in der Tat, Mr. Felmouth, sie sind leichter und wirken komplizierter."

„Ah! Das liegt daran, daß ... wenn ich kurz ..." Felmouth beugte sich vor, setzte einen kleinen Schraubenzieher an Mrs. Corveys alte Optik und ging gedankenversunken ans Werk. Lady Beatrice brachte es nicht über sich, zuzusehen, wie er die optischen Geräte ausbaute. „Es liegt daran, daß wir sie deutlich verbessert haben, zumindest hoffe ich das. Nun ... entschuldigen Sie bitte, Ma'am, die Blindheit ist nur kurzfristig ... ich werde schnell das neue Paar einsetzen und hoffe, das Ergebnis gefällt Ihnen."

Lady Beatrice zwang sich aufzublicken und sah, wie Mrs. Corvey geduldig wartete, während Felmouth die neue Optik in ihr Gesicht einsetzte.

„Da", sagte Mrs. Corvey schließlich, „ich kann wieder sehen."

„Famos", sagte Felmouth, während er die letzte Schraube festzog. Er lehnte sich zurück. „Ich hoffe, Sie finden sie bequem?"

„Durchaus", sagte Mrs. Corvey und drehte den Kopf hin und her. „Oh!" Die Teleskopoptik fuhr aus, gut fünf Zentimeter weiter als das vorherige Modell und mit einem deutlich leiseren Sirren. „Oh ja, das ist deutlich besser!"

„Ich dachte, Sie könnten so tun, als handle es sich um ein Opernglas, wenn Sie die Hände bei voller Ausnutzung des Teleskops darum legen“, sagte Felmouth. „Bitte lassen Sie mich jedoch die eigentliche Verbesserung vorführen.“

Er erhob sich, ging zur nächstgelegenen Lampe und schaltete sie durch die Drehung eines Schlüssels an ihrem Fuß aus. Dies wiederholte er mit allen Lampen im Raum. Nach der letzten befanden sie sich in geradezu stygischer Finsternis. Felmouth Stimme erklang aus dem Dunkel.

„Ma'am, wenn Sie nun die linke Linsenhalterung um drei Viertels drehen würden?“

Lady Beatrice hörte ein leises Klicken und dann einen entzückten Aufschrei Mrs. Corveys.

„Mein Gott, der Raum ist ja ganz hell! Auch wenn alles irgendwie so grün aussieht. Muß es das?“

„Das ist die Auswirkung des Filters“, sagte Felmouth zufrieden, während er die Lampe wieder anschaltete. „Aber ich denke, es war hell genug, um lesen zu können? Ja, das war meine Absicht. Wir werden es natürlich weiter verbessern, aber schon jetzt kann ich mit Fug und Recht versichern, daß Sie keinen Augenblick mehr in Finsternis ausharren müssen, es sei denn, Sie wollen es.“

„Das wird uns so nützlich sein“, freute sich Mrs. Corvey. „Kompliment, Mr. Felmouth – und bitte geben Sie meinen Dank an die anderen Herren in der Herstellung weiter."

„Natürlich. Wie der Zufall so will, habe ich noch ein, zwei andere Gegenstände dabei", sagte Felmouth, während er der Reihe nach alle Lampen wieder anschaltete. Er setzte sich erneut, griff in seinen Koffer und zog etwas hervor, das wie ein Medaillon aussah. „Da haben wir es schon!"

Er hielt es hoch, so daß sie es ansehen konnten. „Nun, meine Damen, würden Sie nicht auch sagen, daß es sich um ein ganz normales Schmuckstück handelt?" Lady Beatrice sah es sich aus nächster Nähe an. Mrs. Corvey fuhr nur ihre Teleskopaugen aus.

„Da würde ich zustimmen", sagte Lady Beatrice. Felmouth hob den Zeigefinger, so daß sie das kleine Loch an der Seite des Medaillons und gut einen Zentimeter darunter eine Wölbung erkennen konnten.

„In der Tat nicht, meine Damen. Dies ist vielmehr zweifellos das letzte Wort in Sachen Miniaturisierung. Sehen Sie." Er öffnete es und zeigte ein winziges Portrait darin. Mr. Felmouth öffnete mit dem Daumen eine Verriegelung, und das Portrait klappte auf, so daß man das Fach darunter sehen konnte, in dem sich ein winziges Stahlrohr mit Abzugsmechanismus befand. „Eine Pistole! Der Abzug ist diese Erhöhung unter dem Lauf. Halten Sie sie so – zielen und Feuer.

Allerdings empfehle ich für durchschlagende Ergebnisse einen Schuß aus nächster Nähe, wenn es denn geht."

„Genial, muß ich sagen", sagte Mrs. Corvey. Leicht entschuldigend fügte sie an Lady Beatrice gewandt hinzu: „Gelegentlich kommen wir in die Lage, uns selbst verteidigen zu müssen, wissen Sie."

„Aber die Kugel ist doch zu klein, um nennenswerten Schaden anrichten zu können", warf diese ein.

„Sollte man glauben", entgegnete Felmouth. Er zog eine Munitionsschachtel von der Größe einer Pillendose heraus und öffnete sie, so daß man das Dutzend winziger Patronen sehen konnte; daneben lag eine Pinzette zum Laden. „Nicht größer als Fliegen, nicht wahr? Jedoch ... sie explodieren eins Komma drei Sekunden, nachdem sie getroffen haben. Die Kraft liegt bei unter einem Viertel eines Knallfroschs zur Guy-Fawkes-Nacht, aber wenn sich die Kugel zu diesem Zeitpunkt in Hirn oder Herz befindet, sollte sie den Angreifer fällen."

„Ich würde meinem Angreifer ins Ohr schießen", überlegte Lady Beatrice. „Es gäbe keine Eintrittswunde, und jeder würde glauben, der Mann sei einem Hirnschlag zum Opfer gefallen."

Mrs. Corvey und Mr. Felmouth starrten sie an. „Ich sehe, meine Liebe, Sie neigen nicht zur Mimosenhaftigkeit“, sagte Mrs. Corvey schließlich. „Sie werden hervorragend zurechtkommen.“

Die Misses Devere kamen traurig in den Empfangsraum spaziert. Sie waren als Puppe, der Gestiefelte Kater und ein Harlekin verkleidet. „Unser Vier-Uhr-Herr hat eine Nachricht geschickt, in der er mitteilt, er sei unabkömmlich und könne erst morgen kommen“, sagte Jane, „und wir bekommen den Haken am Rücken von Doras Kostüm nicht auf. Lady Beatrice, würden Sie mal schauen, was Sie ausrichten können? Oh! Hallo, Mr. Felmouth!” Jane hüpfte durch den Raum und setzte sich auf Mr. Felmouths Knie. „Hast du uns Spielzeug mitgebracht, lieber Weihnachtsmann?“

Mr. Felmouth, der sehr rot angelaufen war, brauchte einen Augenblick, ehe es ihm gelang zu stammeln: „Äh ... ja, zufällig habe ich noch ein oder zwei weitere Stücke. Ähem! Wenn Sie erlauben ...“ Er zog sein Köfferchen heran und entnahm ihm zwei Pappscheiben mit Knöpfen darauf, wie man sie aus dem Kurzwarenladen kennt. Jedes Kartonstück trug etwa ein Dutzend Knöpfe. Die einen wirkten wie aus Perlmutt, die anderen wie bernsteinfarbenes Glas.

„Das Mittel der Wahl bei unangenehmen Kunden.“ Mr. Felmouth hob die Perlmuttknöpfe hoch. „Nähen Sie sie an ein Kleidungsstück, und sie unterscheiden sich nicht von normalen Knöpfen. Allerdings handelt es sich in Wahrheit um ein starkes Betäubungsmittel in einer Zuckerhülle. Lassen Sie einen in ein Glas Portwein oder ein anderes Getränk fallen, und er löst sich binnen Sekunden auf. Jeder Herr, der das Glas austrinkt, fällt innerhalb von Minuten in einen tiefen Schlaf."

„Was ist mit den Bernsteinknöpfen?" wollte Lady Beatrice wissen, während sie den Verschluß am Rükken des Gestiefelten Katers bearbeitete.

„Ah! Die sind wirklich nützlich. Ein Knopf, aufgelöst im Getränk eines Mannes, verursacht einen Zustand treudoofer Redseligkeit. Wenn Sie ihn sanft befragen, wird er Ihnen alles sagen, was Sie wissen wollen. Nicht immer die Wahrheit, aber ich vertraue auf Ihr Urteilsvermögen. Wenn die Wirkung der Droge nachläßt, hat er keinerlei Erinnerungen mehr an das Ereignis." Felmouth reichte Mrs. Corvey die Pappen.

„Brillant!" sagte diese.

„Oh, würden die bernsteinfarbenen nicht entzükkend auf meinem gelben Satinkleid aussehen?" rief Dora, just als das Oberteil ihres Kostüms aufsprang, da Lady Beatrice endlich ihr Haar aus dem Verschluß befreit hatte. Felmouth hustete und wandte den Blick ab.

„Das würden sie, meine Liebe, aber sie sollten wirklich an Miss Rendlesham gehen. Sie kann am meisten damit erreichen", widersprach Mrs. Corvey. Dora schmollte.

„Lieber Mr. Felmouth, können Sie noch weitere davon in verschiedenen Farben herstellen? Miss Rendlesham trägt nie gelb." Dora beugte sich vor und kraulte Mr. Felmouth mit ihrer tatzenbehandschuhten Hand unterm Kinn. „Bitte, Mr. Felmouth? Die Mieze fängt Ihnen auch einen schönen Fisch."

„Das – äh – sollte durchaus möglich sein", antwortete Mr. Felmouth, der etwas außer Atem war. „Ich bin sicher, nichts wäre leichter als das. Ja. Sie können auf mich zählen."

„Wie immer, Mr. Felmouth", sagte Mrs. Corvey.

Kapitel 6

In dem beunruhigende Erkenntnisse übermittelt werden.

Sir Richard H. war in fortgeschrittenem Alter, recht korpulent und bevorzugte es daher, auf dem Rücken zu liegen, während die Engel der Glückseligkeit, wie er sie nannte, auf ihm saßen. Im Augenblick stöhnte er glücklich, während Lady Beatrice ihn ritt, den Blick der grauen Augen auf den Messingrahmen ihres Bettes gerichtet und den roten Mund zu einem professionellen Grinsen verzogen, das vage belustigt wirkte. Ihre Gedanken waren jedoch abgewandert; sie fragte sich, wie wohl „Die Memoiren des Junkers Barry Lyndon" ausgehen mochten, da sie die letzte Ausgabe des Fraser's Magazine noch nicht gesehen hatte.

Irgendwann wurden ihre Überlegungen von der Erkenntnis unterbrochen, daß Sir Richard aufgehört hatte, sich zu bewegen. Lady Beatrices Bewußtsein kehrte lange genug zu ihrem Körper zurück, um festzustellen, daß Sir Richard noch am Leben war, wenn auch schweißgebadet und schnaufend wie eine Dampflok. „Geht es Ihnen gut, mein Lieber?" erkundigte sie sich. Sir Richard nickte energielos. Sie schwang sich elegant von ihm herunter, als sei er ein besonders weich gesatteltes Pferd, und prüfte zur Sicherheit seinen Puls. Nachdem sie sich sicher sein konnte, daß er nicht in den nächsten Minuten abtreten würde, wischte sie ihn hurtig mit einem Schwamm und Kölnischwasser ab. Als sie die Bettdecke über ihn zog, schnarchte er schon, und so ging sie nach nebenan, um zu baden.

Lady Beatrice kümmerte sich in der gleichen sachlichen Weise um ihren eigenen Körper. Ihre niederen Regionen hätten während der Runde mit Sir Richard genausogut aus der Wattefüllung einer Puppe bestehen können, wenn man nach den Empfindungen ging, die sie beim Akt verspürt hatte. Die Reibung hatte nur einen Hauch von Hautirritation hinterlassen. Sie trug Lotion auf und überlegte wieder einmal, wie absurd der Aufstand war, den jeder betrieb, wenn es um das Fleischliche ging – Angst, Scheu, Lust ... dabei war nichts davon von Bedeutung.

Sie wußte, es hatte eine Zeit gegeben, in der Sir Richards nackter Körper mit seinem dunkelroten

Stiel sie in mädchenhaftem Schrecken hätte aufschreien lassen. Jetzt wirkte das arme alte Ding auf sie nicht unsittlicher als ein zusammengebrochener Karrengaul, und was waren ihre stattlichen Verehrer mehr gewesen als eine Reihe hochgezüchteter Rennpferde – bis sie blau und steif in jener Gebirgsschlucht lagen und noch weniger waren? Sie mochten strahlende Seelen gehabt haben, die gen Himmel aufstiegen, zumindest war das eine schöne Vorstellung. Körper jedoch waren kurzlebig und das Elend nicht wert.

Lady Beatrice zog sich an, kehrte ins Schlafzimmer zurück und ließ sich in einem Ohrensessel nieder, aus dessen Tiefen sie eine Ausgabe von „Oliver Twist" zog. Darin las sie ruhig, bis Sir Richard mitten in einem Schnarcher plötzlich erwachte. Er setzte sich auf und fragte benebelt, wo seine Hose sei. Lady Beatrice legte ihr Buch beiseite und half ihm, sich anzuziehen. Dann nahm sie seinen Arm und geleitete ihn an den Empfang, wo er ohne einen Blick zurück zu ihr in den Aufsteigenden Raum watschelte.

„Er hätte sich bedanken können", bemerkte Mrs. Corvey aus ihrem Schaukelstuhl am Teetisch.

„Ein wenig durcheinander heute abend, glaube ich", sagte Lady Beatrice und beugte sich vor, um ihren Strumpf zu richten. „Habe ich heute abend noch einen Kunden?"

„Nein. Mrs. Otley unterhält Seine Lordschaft bis Mitternacht, dann können wir alle nach Hause gehen."

„Oh, gut. Darf ich Sie um einen Gefallen bitten? Würden Sie mich erinnern, morgen nach der neuesten Ausgabe von Fraser's Ausschau zu halten? Die letzte Folge von ..." Lady Beatrice unterbrach sich, und Mrs. Corvey drehte den Kopf in Richtung des Aufsteigenden Raums, da beide das Glöckchen gehört hatten, das den Aufzug und einen Fahrgast ankündigte.

„Wie eigenartig", sagte Mrs. Corvey. „Der Speisesaal schließt im allgemeinen um zehn."

„Ich übernehme ihn", sagte Lady Beatrice, setzte ihr professionelles Lächeln auf und plazierte sich auf dem Diwan.

„Wären Sie so nett? Miss Rendlesham hatte so viel aufzuwischen, nachdem der Herzog gegangen war, daß ich ihr den Rest des Abends freigegeben habe. Sehr liebenswürdig von Ihnen."

„Es macht mir nichts aus", beteuerte Lady Beatrice. Das Paneel glitt zur Seite, und ein Gentleman trat ein. Er trug einen Kneifer, wurde langsam kahl, wirkte wie ein höherer Bankbeamter, und er trug auch tatsächlich ein Aktenbündel unter dem Arm. Sein Blick glitt über Lady Beatrice, ohne ihr mehr als ein kleines Nicken zu schenken, und konzentrierte sich auf Mrs. Corvey.

„Ma'am“, sagte er.

„Mr. Greene?“ Mrs. Corvey erhob sich. „Welch ungeahntes Vergnügen, Sir. Wenn ich fragen darf – welches Vergnügen erwarten Sie?“

„Ich bin nicht auf eigene Rechnung hier“, sagte Mr. Greene und errötete leicht. „Wobei ich, äh, natürlich hoffe, bald Zeit zu finden, Sie zu besuchen. Informell. Sie wissen schon. Ähem. Nun, Ma'am, könnten wir uns in Ihr Büro zurückziehen? Ich habe etwas mit Ihnen zu klären.“

„Selbstverständlich“, entgegnete Mrs. Corvey.

„Es macht mir nichts aus, hierzubleiben. Soll ich nach späten Gästen Ausschau halten?“ fragte Lady Beatrice Mrs. Corvey. Mr. Greene wandte sich ihr zu und unterzog sie einer eingehenderen Musterung.

„Ah. Das neue Mitglied. Ich kannte Ihren Vater, meine Liebe. Bitte folgen Sie uns. Ich denke, Sie sollten hören, was ich zu sagen habe.“

Im hinteren Büro hatte Mr. Greene eine Tasse Kakao entgegengenommen, einen Schluck getrunken und sie abgestellt, ehe er sich räusperte.

„Ich nehme an, keine von Ihnen ist je Lord Basmond begegnet?“

„Nein, in der Tat nicht“, sagte Mrs. Corvey.

„Ich auch nicht“, sagte Lady Beatrice.

„Eine alte Familie. Besitztümer in Hertfordshire. Das gegenwärtige Oberhaupt, Lord Arthur Rawdon, ist sechsundzwanzig. Letzter Nachkomme. Ledig, wenig Engagement in Cambridge, lebte bis vor zwei Jahren in der Stadt. Dann kehrte er auf den Stammsitz der Familie zurück und begann, sich große Summen Geldes zu leihen. Spielt nicht, gibt es nicht für eine Geliebte aus, investiert es nicht. Ließ verlautbaren, er wolle die Besitztümer instand setzen, wobei es ein Rätsel ist, warum er dafür derartige Mengen seltener Erden und anderer, ähnlich außergewöhnlicher Chemikalien benötigen sollte.

Es gab Arbeiter auf dem Grundstück, die dort auch untergebracht waren, aber sie reden nicht und lassen sich auch nicht dazu bestechen. Der alte Gärtner besucht den örtlichen Pub, und man hat gehört, wie er sich aufgebracht darüber beklagte, sein Herr habe das Eibenlabyrinth zerstört. Als man nachborte, lehnte er jedoch jeden weiteren Kommentar ab.“

„Was bedeutet das, Mr. Greene?“ fragte Mrs. Corvey.

„Ja, was? Die Sache fiel uns auf, als er die seltenen Erden und die Chemikalien erwarb, denn wir beobachten den Handel mit derartigen Gütern. Wenn eine Person mehr als eine bestimmte Menge erwirbt, wollen wir wissen, warum. Macht uns nervös.

Natürlich haben wir einen Mann darauf angesetzt. Seine Berichte deuten an, Basmond sei trotz seines schwachen Auftritts an der Universität zum Erfinder geworden. Hat anscheinend eine außerordentliche Entdeckung gemacht und beschlossen, sie relativ geheimzuhalten, und mit Sicherheit hat er vier Millionäre zu einer privaten Auktion nach Basmond Park eingeladen – drei davon sind Ausländer, möchte ich hinzufügen."

„Er hat also vor zu verkaufen", warf Lady Beatrice ein. „Was immer es sein mag, und er glaubt, er könne sehr viel Geld damit verdienen."

„So ist es", sagte Greene. „Der neueste Bericht unseres Spiones ist überfällig. Das und die Nachricht von der Versteigerung, die wir aus anderer Quelle erhielten, haben uns alarmiert. Wir müssen eingreifen. Glücklicherweise hat uns Basmond dazu eine Gelegenheit geboten. Allerdings wird ... äh ... anstößiges Benehmen erforderlich sein."

„Darum kommen Sie zu uns", lächelte Mrs. Corvey ironisch.

„Mut wird auch gefragt sein, und ein scharfer Verstand", fügte Mr. Greene hinzu und errötete wieder. „Basmond hat eine Anfrage an ein bekanntes Etablissement geschickt, in der er vier ... äh ... Mädchen zur Unterhaltung seiner Gäste bestellt. Diesen Brief haben wir abgefangen. Wir benötigen vier Freiwillige aus den Reihen Ihrer Damen, Mrs. Corvey, die sich der Angelegenheit annehmen."

„Was sollen wir denn tun, außer die Millionäre zu bedienen?" erkundigte sich Lady Beatrice. Greene hustete.

„Sie verstehen, es ist rein freiwillig – aber wir wollen wissen, welche Erfindung so teuer sein könnte, daß man Millionäre einladen muß. Berührt sie die nationale Sicherheit? Wir müssen außerdem wissen, was aus unserem eingeschleusten Agenten geworden ist."

„Wir helfen Ihnen gerne weiter", sagte Mrs. Corvey mit einer hoheitsvollen Geste.

„Wir wären Ihnen zu Dank verpflichtet." Greene erhob sich, verbeugte sich und reichte ihr die Akte zu dem Fall. „Hier finden Sie alle Einzelheiten. Kontakt über die übliche Frequenz. Ich lege die Sache in Ihre kompetenten Hände."

Er wandte sich zum Gehen und zuckte jäh wieder herum. Sein Antlitz war dunkelrot verfärbt, als er Lady Beatrices Hand ergriff und nach einem Moment der Unschlüssigkeit linkisch schüttelte.

„Gott segne Sie, meine Liebe", platzte es aus ihm heraus. „Als erste freiwillig gemeldet. Sie machen Ihrem Vater Ehre." Er floh aus dem Empfangsraum, und einen Augenblick später hörten sie, wie der Aufsteigende Raum sich in Bewegung setzte.

„Muß ich davon ausgehen, daß wir in Gefahr geraten könnten?“ fragte Lady Beatrice.

„Natürlich, meine Liebe“, entgegnete Mrs. Corvey, die bereits das Schriftstückbündel aufgeschlagen hatte und den Inhalt studierte. „Aber im Ernst – welche Hure tut das nicht?“

„Arbeiten wir häufiger auf diese Weise?“

„Das tun wir.“ Mrs. Corvey blickte mit einem leisen Lächeln zu ihr auf. „Schließlich sind wir keine gewöhnlichen Huren.“

Kapitel 7

In welchem Gäste nach Basmond Hall kommen.

Sie mieteten eine Droschke nach Hertfordshire, da sich die Ansiedlung Little Basmond in einiger Entfernung von der nächsten Bahnstation befand. Mrs. Corvey saß eingequetscht in einer Ecke der Kabine und studierte die Papiere in der Akte, während die Devere-Schwestern über dies und jenes plapperten. Lady Beatrice sah aus dem Fenster auf die sanft geschwungenen Hügel. Sie waren sogar im Winter grün – so etwas hatte sie bisher nie gesehen. Die Straßen Londons standen außerhalb des natürlichen Kreislaufs, was einfach zu verstehen war, denn eine Stadt glich darin letztlich der anderen. Ländliche Gebiete waren etwas anderes. Sie empfand die Landschaft als zauberhaft, das Grün, die weiten Laubwälder mit ihren grauen Ästen, aber letztlich waren ihre Sinne auf wärmere, trockenere, hellere Gegenden eingestellt. Sie fragte sich, ob sie sich mit der Zeit an ein „zu Hause" gewöhnen würde – und entschied dann, daß diese Worte jede Bedeutung für sie verloren hatten.

„... aber er lief nur eins vierzig breit, so daß ich am Ende über den Daumen gepeilt vierzehn Meter davon kaufen mußte, entgegen dem, was im Schnittmuster angegeben ...", sagte Jane gerade, als Mrs. Corvey sich räusperte. Sofort verstummten alle und sahen sie gespannt an.

„Arthur Charles Fitzhugh Rawdon", begann sie und zog ein Stück Karton von der Größe einer Spielkarte hervor. Lady Beatrice beugte sich vor, um es zu betrachten. Es schien eine Kopie einer Daguerreotypie zu sein. Der Mann darauf umfaßte mit selbstgefälligem Blick seine Rockaufschläge und stand vor einem gemalten Hintergrundmotiv Pompejis neben einer römischen Säule. Lord Basmond war schmal und blaß, mit zarten, ebenmäßigen Zügen und Augen, die vor Intelligenz strahlten. Lady Beatrice empfand ihn als attraktiv, abgesehen davon, daß seine Augen etwas zu nah beieinander lagen.

„Unser Gastgeber", fuhr Mrs. Corvey fort. „Oder Dienstherr, wenn Sie so wollen. Eine oder auch alle von Ihnen werden wahrscheinlich auch ihn bedienen müssen."

„Was für ein attraktiver Bursche“, sagte Maude.

„Sieht aus, als hätte er ein schlechtes Temperament“, vermutete Dora.

„Ich bin sicher, Sie alle sind gut genug darin, sich der Situation entsprechend zu verhalten, um es nicht zu provozieren“, erklärte Mrs. Corvey. „Ihre Aufgabe ist es herauszufinden, was bei dieser Auktion versteigert werden soll. Wir können Glück haben, und es wird in unserer Gegenwart offen darüber gesprochen, als verstünden wir nicht mehr davon als Tiere. Er könnte aber auch diskreter vorgehen, und in diesem Fall müssen Sie es aus den Gästen herausholen. Ich vermute, Sie alle werden herumgereicht werden wie Süßigkeiten, aber falls jemand Sie mit aufs Zimmer nimmt, empfehle ich den Einsatz von Mr. Felmouths Geheimmittel.“

„Oh, wie wunderbar“, sagte Dora erfreut und schlug ihren Reiseumhang zurück, um die bernsteinfarbenen Knöpfe auf ihrem gelben Satinkleid zu bewundern.

„Unsere zweite Weisung ...“ Mrs. Corvey durchstöberte die Aktenmappe und zog ein zweites Bild hervor. „William Reginald Ludbridge.“ Sie hielt das Bild empor. Die Person darauf sah geradewegs in die Kameralinse. Es war ein Mann von etwa fünfundvierzig Jahren mit einem offenen, kampfeslustigen Antlitz, dem Schnurr- und Ziegenbart eine dämonische

Note verliehen. Sein Blick war klug und hatte etwas von einem Löwen.

„Einer unserer Brüder aus der Spekulativen Gesellschaft“, erklärte Mrs. Corvey. „Dieser Herr wurde als Handwerker verkleidet nach Basmond Park geschickt. Er scheint verschwunden zu sein. Wenn möglich, sollen wir ihn ausfindig machen und ihm jegliche Unterstützung zukommen lassen. Ich sehe dies als meine Hauptaufgabe an, während Sie vier sich auf die übrigen Gentlemen konzentrieren.“

In diesem Moment wurde die Kutsche langsamer und hielt an. Der Kutscher stieg ab und öffnete die Tür. „Das Basmond Arms, meine Damen“, informierte er und bot Mrs. Corvey den Arm an.

„Mama, der nette Herr hat dir den Arm angeboten“, sagte Maude. Mrs. Corvey tat, als taste sie danach, „fand“ schließlich den Arm des Kutschers und ließ sich von ihm aus der Kutsche helfen.

„Sehr liebenswürdig“, murmelte sie und tastete in ihrer Börse herum, während er den übrigen Damen ebenfalls auf die Basmond High Street herunterhalf und ihr Gepäck ablud. Bald standen sie – kurzfristig anonym und damit ehrenhaft – vor dem Basmond Arms, nur wenig beachtet von den Passanten. Nach einer Weile kam der Wirt aus dem Gasthof und fragte, ob er ihnen helfen könne.

„Vielen Dank, guter Mann, aber seine Lordschaft schickt eine Droschke, um uns abzuholen“, sagte Mrs. Corvey im selben Moment, als Jane die Straße entlang deutete und schrie: „Oooh, schaut nur, diese zauberhafte Kutsche!“ Dem Wirt fielen ihre Schminke und ihr Kleidungsstil auf, woraufhin er die Augen zusammenkniff und einen Schritt zurücktrat.

„Eine Gruppe zur Hall?“ fragte der Fahrer der offenen Reisekutsche grienend, als er vor dem Gasthaus anhielt. „Immer ran, Mädels.“

Brummend wandte der Wirt sich ab und ging zurück nach drinnen, während die Damen an das Fuhrwerk herantraten. Der Fahrer sprang vom Kutschbock, lud ihre Schrankkoffer auf und schwang sich zurück auf seinen Sitz. „Wie wär's, wenn die Rothaarige neben mir mitfährt?“ fragte er mit einem boshaften Grinsen.

„Wie wär's, wenn du uns beim Einsteigen hilfst wie ein Gentleman, Schätzchen?“ parierte Maude.

„Sag nichts weiter.“ Der Fahrer gehorchte, indem er jeder von ihnen eingehend beim Einsteigen „half“, wonach Maude sich gehorsam zu ihm nach vorn setzte, um sich erst küssen, dann kitzeln und schließlich verzagt am Knöchel streicheln zu lassen. Lady Beatrice beobachtete es und spielte versonnen an ihrem Pistolen-Amulett. Maude schien sich jedoch sehr gut wehren zu können.

„Ungezogener Junge!“ sagte sie schließlich und streichelte den Kutscher offen und direkt an einer eher intimen Stelle. Daraufhin errötete er, setzte sich aufrecht hin und ergriff die Zügel. Die Kutsche fuhr durch ein Spalier aus angewiderten Blicken der auf ihren Vordertreppen oder an ihren Gartenmauern stehenden Dorfbewohner die High Street entlang.

„Süßer, die Leute hier sind aber nicht gerade freundlich, oder?“ verlangte Maude keck zu wissen. Ihr Akzent war plötzlich etwas ungehobelter als üblich. „Bestellt seine Lordschaft nicht oft Mädchen?“

„Ihr seid die ersten“, sagte der Fahrer, der einen Großteil seiner Haltung zurückgewonnen hatte. Er blickte über die Schulter, um sicherzugehen, daß sie das Dorf verlassen hatten, und legte den Arm um Maudes Hüfte.

„Die ersten! Wir dachten, er sei ein rechter Rammler, nicht wahr, Mädels? Apropos, wie heißt du eigentlich?“

„Ralph, Miss – ich meine – meine Liebe.“

„Nun, Ralph, du bist ein attraktiver Bursche, und ich bin sicher, wir werden dufte miteinander auskommen.“ Maude lehnte sich in seinen Arm. „Also, ich hoffe, seine Lordschaft ist kein Kostverächter? Wäre ein wenig seltsam, uns herzubestellen, wenn es so wäre.“

Ralph lachte laut: „Nicht, daß ich wüßte. Er ist kein Rammler, aber er hat in Cambridge ein Mädchen geschwängert. Hat sie hierher geschickt, um es auszutragen, aber das kleine Ding starb irgendwie."

„Das Mädchen?"

„Nein! Das Baby. Etwas stimmte nicht. Seitdem ist seine Lordschaft wohl behutsamer geworden."

„Was will er dann mit uns?" Maude streckte die Hand aus, strich über Ralphs Wange und ließ ihren Finger sanft in Richtung seines Kragens gleiten. „Ein großer, starker Mann wie du – ich bin sicher, du weißt, was du mit einer Frau machen mußt. Seine Lordschaft steht nicht etwa auf bizarre Spielchen, oder?"

„Ich schätze, ihr seid für seine Feier", sagte Ralph und erschauderte. „Für die Gäste."

„Oooh! Wir lieben Feiern, Mädels, nicht wahr?" Maude sah über die Schulter. Als sie nach hinten blickte, griff Ralph nach ihrem Kinn und gab ihr einen heftigen Kuß von einiger Dauer, bis Jane ihn relativ scharf ermahnen mußte, auf die Pferde zu achten.

„Alles in Ordnung", japste Maude, nachdem sie wieder Luft bekommen hatte. „Mädels, unser Freund Ralph gefällt mir so gut – habt ihr etwas dagegen, wenn wir kurz anhalten?"

„Wie du magst“, sagte Mrs. Corvey. Die Kutsche befand sich gerade auf einer langen, abgeschiedenen Straße. Ralph lenkte sie auf die Seite, packte Maudes Hand und sprang vom Bock. Sie verschwanden im Unterholz. Lady Beatrice sah Mrs. Corvey an und hob fragend eine Braue. Diese zuckte die Achseln. „Man weiß nie, wann man Freunde und Verbündete brauchen kann.“

„Ist das Basmond Hall?“ Dora stand auf und blickte die Straße entlang auf ein massiges graues Gemäuer, das man gerade eben hinter einer niedrigen Erhebung und Rhododendronsträuchern erahnen konnte. Mrs. Corvey warf einen Blick auf das Buschwerk neben der Droschke, nahm die Augengläser ab und fuhr die Teleskopoptik aus, um das Bauwerk genauer in Augenschein zu nehmen.

„Das muß es sein“, sagte sie und setzte die Brille wieder auf. „Geschichtsträchtiger Ort. Geht zurück auf die Normannen und all das.“

„Also eine alte Familie“, sagte Lady Beatrice.

„Seine Lordschaft ist der letzte Nachkomme“, ergänzte Mrs. Corvey. „Spannend, oder? Ich frage mich, was für ein Mensch er ist.“

Nach einiger Zeit tauchten Maude und Ralph außer Atem wieder aus dem Buschwerk auf. Ralph hob Maude flott und eindeutig höflicher als zuvor auf den Bock und sprang mit glänzenden Augen neben sie.

„Nette Nagelprobe gehabt?“ fragte Mrs. Corvey. Ralph senkte betreten den Kopf, doch Maude tätschelte ihm beschützend den Arm.

„Ralph ist ein bumsfideler großer Junge. Aber wir werden seiner Lordschaft nichts von unserem kleinen Zusammenstoß erzählen, nicht? Wollen den süßen Ralph ja nicht seine Arbeitsstelle kosten.“

„Nein, Ma'am“, sagte Ralph. „Sehr nett.“

Sie fuhren weiter die Auffahrt entlang und musterten Basmond Hall in seiner düsteren Pracht. Lord Basmonds Angabe, das geliehene Geld für Baumaßnahmen zu benötigen, war plausibel, denn die Hall war eine uralte Turmhügelburg mit einem Vorhof voller Kies und halb unter einer dicken Efeuschicht begraben. Kein Tudor-Rawdon hatte es mit Fachwerk und Fenstern verschönert, kein georgianischer Rawdon hatte palladianisch-römische Grazie oder Statuen hinzugefügt. Zudem gab es keinerlei Hinweise darauf, daß der jetzige Rawdon die Absicht hatte, das Bauwerk ehrenwert in die Neugotik zu überführen. Es war offensichtlich, daß er noch kein Pfund in Renovierungsarbeiten investiert hatte.

Ralph lenkte die Droschke über den Hügel und den bröckeligen Damm, der die Zugbrücke ersetzte, und schließlich unter dem Fallgatter hindurch in den Hof.

„Wie mittelalterlich“, bemerkte Dora.

„Nicht einfach zu verlassen, falls es sein müßte“, flüsterte Miss Corvey. „Obacht, meine Damen!“

Lady Beatrice nickte. Das Ganze glich einer Illustration aus einem ihrer Schulbücher oder vielleicht aus Ivanhoe. Der strohbedeckte Burghof, die Stallungen unter der bedrohlichen Mauer, die überdachte Zisterne, die Hall selbst mit dem hohen Dach und die gedrungene Burg dahinter. Es fehlte nur ein derber Knecht, der auf einer Bank eine Rüstung polierte.

Statt dessen trat ein schwarzgekleideter Butler aus dem großen Eingangsportal und gestikulierte verdrießlich in Ralphs Richtung. „Bring sie zum Dienstboteneingang!“

Ralph zuckte die Achseln und fuhr um das Bauwerk herum zu einer kleinen Tür auf der Rückseite. Dort hielt er und half den Damen aus der Droschke, respektvoll wie ein echter Knappe. Der Butler erschien in der Hintertür und rang verzagt die Hände.

„Bitte sehr, Pilkins“, sagte Ralph, „frisch gelieferte Rosen.“

Pilkins scheuchte sie nach drinnen. Sie fanden sich am Hintereingang der Küche wieder, zwischen Weinkisten und Delikatess-Lieferungen aus den feinsten Londoner Geschäften. Zwei bis drei Hausangestellte spickten durch eine Tür nach ihnen, doch die Köchin vertrieb sie mit einem rauhen Knurren. Sie trat heran und stierte sie an.

„Ich fasse es nicht“, sagte sie mit einem verärgerten Kopfschütteln. „Herkömmliche Huren im Hause Basmond.“

„Ich muß doch sehr bitten“, antwortete Mrs. Corvey und ließ ihren Gehstock einmal scharf auf die Steinfliesen knallen. „Sehr kostspielige und erstklassige Huren, eigens bestellt. Meine Mädchen wären Ihnen für eine Tasse Tee nach der langen Reise sehr dankbar.“

„Bringen Sie ihnen etwas, Mrs. Duncan“, sagte Pilkins. Mit zusammengekniffenen Lippen wandte er sich an Mrs. Corvey. „Ich nehme an, Sie sind ihre ... Eigentümerin, Madam?“

„Das ist richtig“, entgegnete diese. „Ich kümmere mich auch um das Finanzielle. Man hat uns für diesen Anlaß eine stattliche Summe zugesagt, und ich hoffe, seine Lordschaft wird Wort halten.“

„Seine Lordschaft wird tatsächlich gleich hier sein, um zu überprüfen, ob Ihre ... Ihre ... Mädchen seinen Ansprüchen genügen“, antwortete Pilkins. Seine Diktion litt unter seiner Schwierigkeit, die Lippen zu lockern.

„Natürlich! Mädchen – runter mit den Capes!“ befahl Mrs. Corvey.

Sie gehorchten. Die einfachen grauen Reiseüberwürfe fielen zu Boden und enthüllten die Damen in ihrer ganzen Pracht. Lady Beatrice trug ihr übliches

Scharlachrot, und die Devere-Schwestern hatten sich in Edelsteinfarben gehüllt: Maude in Smaragdgrün, Jane in Saphirblau und Dora in bernsteinfarbenen Satin. Die Wirkung dieser sinnlichen Farben in dem graubraunen Ambiente war atemberaubend und leicht schrill. Pilkins etwa bemerkte, daß er sich unwillkürlich an bestimmte Verse der Heiligen Schrift erinnerte. Zu seiner Bestürzung regte sich auch seine Männlichkeit.

„Also, wenn das nicht ist, was seine Lordschaft bestellt hat, dann weiß ich auch nicht", sagte Mrs. Duncan. Pilkins konnte aus verschiedenen Gründen, die hier nicht genannt werden sollen, nichts entgegnen, und so entstand eine angespannte Stille, in welcher alle Anwesenden das Geräusch von Schritten hörten, die die Treppe und danach den Korridor entlangeilten.

„Sind das die Huren?" schrie eine ungeduldige Stimme. Arthur Rawdon, Lord Basmond, betrat den Raum.

„Niemand anderes", antwortete Mrs. Corvey. Lord Basmond blieb unwillkürlich und mit einem überraschten Keuchen stehen, als er ihrer gewahr wurde.

„Gott im Himmel! Immerhin bekomme ich etwas für mein Geld."

„Das will ich hoffen. Meine Mädchen sind sehr gefragt, wissen Sie, und bedienen nicht jeden dahergelaufenen Kunden“, sagte Mrs. Corvey.

„Ah.“ Lord Basmond starrte sie an. „Blind … und Sie sind ihre …“

„Kupplerin, mein Herr.“

„Ja.“ Lord Basmond rieb sich die Hände, während er langsam um die Damen herumging, die sich der Reihe nach verführerisch in Positur stellten. „Ja. Sie haben keine Syphillis, hoffe ich?“

„Wenn Sie eine Vorstellung von meinem Betrieb hätten, Sir, würden Sie keine so unbegründete Frage stellen“, erwiderterte Mrs. Corvey. „Sehen Sie nur! Blüte der Jugend, gesunde Röte und bei allen vieren nicht eine Filzlaus.“

„Wir stehen seiner Lordschaft gerne für eine nähere Inspektion zur Verfügung“, sagte Dora und nestelte anzüglich an ihren Knöpfen. „Vielleicht ein kleiner Tanz zwischen den Laken vor dem Tee, mein Herr?“ Doch Lord Basmond wich zurück.

„Nein! Nein danke. S-Sie müssen frisch sein. Für meine Gäste. Wissen sie schon über das Galadiner Bescheid?“

„Noch nicht, Herr“, sagte Pilkins, der sich mit einem Taschentuch Schweiß vom Gesicht tupfte.

„Na, dann sagen Sie's ihnen! Stecken Sie sie in ihre Gewänder und proben Sie mit ihnen. Das muß laufen wie am Schnürchen, verstanden?!"

„Ja, Herr."

„Wo sollen meine Mädchen logieren, Euer Lordschaft?" forderte Mrs. Corvey zu wissen. Lord Basmond, der sich bereits zum Gehen gewandt hatte, hielt inne. „Logieren? Äh – ich gehe davon aus, daß sie bei den Gästen liegen werden."

„Ich aber nicht", sagte Mrs. Corvey. „Ich brauche einen ordentlichen Schlafplatz mit einer Möglichkeit, mich zu waschen."

„Verstehe", antwortete Lord Basmond. „Nun denn. Ähem. Wir werden Ihnen ein Bett zurechtmachen in ... äh ..." Er wandte den Damen den Rücken zu und gestikulierte wild in Pilkins' Richtung, während er mit den Lippen die Worte „Die Kammer hinter den Stallungen" formte. Er wies über den Hof, um sicherzugehen, daß Pilkins verstanden hatte. „Ein hübscher, kleiner Raum unter dem des Kutschers. Recht behaglich."

„Zu liebenswürdig", sagte Mrs. Corvey.

Alarmiert bewegte Pilkins ebenfalls die Lippen: „Aber das Fenster geht auf den ..." Lord Basmond schnitt eine Grimasse und malte mit dem Zeigefinger Xe in die Luft vor seinen Augen.

„Sie kann nicht sehen, Sie Idiot", sagte er unhörbar. Pilkins wirkte beleidigt, gab aber nach.

„Natürlich, Herr. Ich werde Daisy sofort losschikken", antwortete er.

„Tun Sie das." Lord Basmond drehte sich um und schritt aus dem Raum.

Kapitel 8

In welchem authentische historische Kostüme diskutiert werden.

Verdrießlich servierte man ihnen Tee in der Speisekammer und scheuchte sie dann in einen anderen niedrigen, dunklen Raum, in dem sich eine große Anzahl von Floristenschachteln und ein Stapel gefalteter Bettlaken befanden.

„Ihre Kostüme“, sagte Pilkins mit einem Zischen.

„Recht bescheiden, meinen Sie nicht?“ bemerkte Lady Beatrice. „Oder nicht bescheiden genug? Was sollen wir damit?“

Pilkins musterte den Fußboden. „Seine Lordschaft bittet, daß Sie ... römische Togen daraus herstellen. Die Unterhaltung soll möglichst genau einer ... ähem ... Orgie aus dem alten Rom nachempfunden werden, und Sie sollen ... nun ... Nymphen gleichen. In Togen.“

„Aber die Toga trugen Männer“, klärte Lady Beatrice ihn auf. Pilkins sah panikerfüllt auf, und Lady Beatrice fuhr fort: „Ich nehme an, seine Lordschaft meint den Chiton, den die Hetären der Antike zu tragen pflegten.“

„Wenn Sie das sagen“, stotterte Pilkins. „Mit Lorbeerkränzen und so.“

„Aber den Lorbeerkranz trugen eher –“

Da griff Mrs. Corvey ein: „Liebe Güte, Kind. Wenn seine Lordschaft will, daß die Mädchen Lorbeerkränze tragen, dann werden sie das gerne tun. Was sollen sie sonst tun, abgesehen vom Üblichen? Tanzen? Oder was?“

„Tatsächlich sollen sie die Nachspeise hereintragen“, sagte Pilkins und nahm erneut Zuflucht zu seinem Taschentuch. „Eine sehr große, kunstvolle Erfrischung auf einer Platte zwischen zwei Stangen. Seine Lordschaft würde es sehr begrüßen, wenn sie eher hereintanzten.“

„Wir tun unser Bestes, Süßer“, warf Maude skeptisch ein.

„In dem Behälter mit dem roten Lederbezug sind Zimbeln. Seine Lordschaft will, daß Sie darauf spielen, wenn Sie hereinkommen.“

„Während wir tanzen und die Nachspeise tragen“, sagte Lady Beatrice.

„Vielleicht üben Sie etwas“, antwortete Pilkins. „Es ist jetzt halb eins, und das Dinner wird Punkt acht Uhr serviert.“

„Keine Sorge“, sagte Mrs. Corvey, „meine Mädchen sind vor allem eines: beweglich.“

In diesem Augenblick hörten sie eine Droschke in den Burghof einfahren. „Der erste Gast“, rief Pilkins und stürzte zur Tür, wo er innehielt, um ihnen zuzurufen: „Bitte klären Sie das mit den Verkleidungen selbst.“ Dann fiel die Tür ins Schloß.

„Delikat“, sagte Mrs. Corvey. „Jane, meine Liebe, würden Sie das Fenster aufmachen?“

Jane drehte sich um und gehorchte, wobei sie Kraft aufwenden mußte, um das aufgequollene Holz des Fensterrahmens freizubekommen. Da das Fenster klein und halb von Efeu überwachsen war, wurde es kaum heller im Raum. „Soll ich versuchen, einige Blätter abzureißen?“ fragte Jane.

„Nicht nötig, Liebes.“ Mrs. Corvey trat dicht ans Fenster, nahm ihre Brille ab und fuhr ihre Optik durch das Rankengestrüpp aus.

„Was sehen Sie?“

„Ich nehme an, das ist der Russe“, sagte Mrs. Corvey. „Zumindest ist das ein russisches Wappen auf seiner Kutsche. Prinz Nakhimov war der Name. Mutter aus Preußen. Vererbte ihm mehrere Firmen, er investierte und wurde sehr reich. Nun! Da ist er.“

„Wie sieht er aus?“ fragte Maude.

„Er ist recht hochgewachsen“, berichtete Mrs. Corvey. „Trägt einen Bart. Gut gekleidet. Lakai, Kutscher, Kammerdiener. Da gehen sie hin – ich nehme an, ihn hat man zur Vordertür gebeten. Ach, und wer ist das? Eine weitere Droschke! Das muß der Türke sein. Ali Pascha.“

„Oh! Trägt er einen Turban?“

„Nein, meine Liebe, eine von diesen roten Zuckerhut-Kappen und eine reichverzierte Militäruniform. Irgendein Würdenträger, der im Dienste des Sultans ein Vermögen gemacht hat.“

„Hat er eine Kutsche voller Ehefrauen dabei?“

„Wenn er sie hätte, glaube ich kaum, daß er sie zu einem Fest dieser Art mitbrächte. Nein – wie sein Vorgänger: Lakai, Kutscher, Kammerdiener – und da ist schon der nächste! Das müßte der Franzose sein. Graf de Mortain stand in der Akte; ich nehme an, das ist sein Wappen. Millionär wie die anderen auch, da seine Familie Bonaparte einige Steine in den Garten warf, aber der Großteil seines Vermögens liegt in seinem Grundbesitz. Nicht sehr flüssig. Ich frage mich, ob Lord Basmond das weiß ... und da kommt der letzte. Sir George Spiggott. Keine Frage, daß der Millionär ist; Töpfe voller Geld aus den Mühlen im Norden. Sieht aufbrausend aus. Nun, meine Damen, einer für jede von Ihnen; und ich bezweifle, daß Sie wählen dürfen.“

„Ich nehme an, Lord Basmond ist letztlich doch eher auf dem anderen Ufer zu Hause“, sagte Maude.

„Mag sein.“ Mrs. Corvey entfernte sich vom Fenster. „Ungeachtet dessen: Falls er sich doch eine von Ihnen aussucht, kümmern Sie sich gut um ihn und versuchen Sie, ob Sie ihm nicht etwas unterjubeln können, um seine Zunge zu lösen.“

Nachdem man sie sich selbst überlassen hatte, verbrachten die Damen ein oder zwei Stunden damit, aus den Bettlaken Chitons zu fertigen. Glücklicherweise hatte Jane ein kleines Nähset in ihrem Pompadour und fand darüber hinaus am Grunde ihres Schrankkoffers noch eine Spule mit knapp zehn Metern pfauenblauem Ripsband, so daß ein gewisses Maß an Schneiderei möglich war. Die Behälter des Floristen enthielten in der Tat Lorbeerblätter, außerdem jedoch Frauenhaarfarn, Farnkraut und rosa Rosenknospen, und damit konnte Lady Beatrice Jungfernkränze winden, die ihrem Sinn für historische Authentizität besser entsprachen.

Sie plauderten angeregt über die Handlung von Dickens’ neuester literarischer Anstrengung, als Mrs. Duncan die Tür öffnete und zu ihnen hereinspähte.

„Ich nehme nicht an, daß sich eine von euch Damen zu einem Stück ehrlicher Arbeit hinreißen lassen könnte?“ erkundigte sie sich.

„Bitte, Madam, wie könnte unsere Arbeit denn noch ehrlicher sein?“ antwortete Lady Beatrice. „Wir verbergen absolut nichts.“

„Worum geht es denn?“ erkundigte sich Mrs. Corvey.

Mrs. Duncan zog eine Grimasse. „Die Eiscreme schlagen. Die Schwanenform ist heute morgen mit der Sonderlieferung eingetroffen und dreimal so groß, wie wir dachten, und die Mädchen und ich haben uns nahezu die Arme gebrochen bei dem Versuch, genug Eiscreme herzustellen, um das gottverfluchte Ding zu füllen.“

„Da das in direktem Zusammenhang mit der Unterhaltungsdarbietung steht, für die man uns engagiert hat, helfen meine Mädchen Ihnen gerne aus, ohne daß gesonderte Kosten entstehen“, entschied Mrs. Corvey. „Unsere Maude hebt häufiger schwere Dinge und ist ziemlich stark, stimmt doch, meine Liebe?“

„Ja, Madam“, bestätigte Maude und knickste. In Mrs. Duncans Gesicht erschien ein Hoffnungsschimmer, und sie faßte sich ein Herz: „Äh, und wenn es Ihnen nichts ausmacht – es gibt noch einige Dekorationsarbeiten mit dem Zuckerguß zu erledigen, und die Wackelpudding-Putten müssen mit sicherer Hand gestürzt werden ...“

Man fand Schürzen für sie, und sie zogen los, um mit dem Dessert zu helfen.

Man hatte ein gewaltiges Zinntablett auf eine aufgebockte Getreidelade montiert. Darauf befand sich bereits ein Bauwerk von einer Torte. Eine der Hausangestellten beugte sich mit Hilfe einer Stehleiter über das Backwerk und versuchte, mit Spritzbeutel und Zuckerguß eine schmückende Jakobsmuschel-Borte herzustellen. Beim Eintreten der Damen warf sie gerade den Spritzbeutel zu Boden und brach in Tränen aus.

„Oh! Schon wieder eine vergeigt! Jetzt werde ich auf alle Fälle meine Arbeitsstelle verlieren. Mrs. Duncan, ich bin keine Konditorin, und mein Arm tut so weh. Warum gehe ich nicht einfach nach draußen und ertränke mich?"

„Kein Grund zur Theatralik", sagte Lady Beatrice und hob den Spritzbeutel auf. „Meine Damen? Auf!"

Wie sich zeigte, war noch viel mehr für das Dessert zu tun. Zuckerpaste mußte in Pastillage-Formen gedrückt werden, um allerlei Dekorationselemente zu erzeugen, unter anderem einen römischen Miniaturtempel, Tauben, einen Triumphwagen sowie Pfeile und Bögen. In der Tat galt es, Putten aus Wakkelpudding mit Rosengeschmack zu stürzen, was eine Menge eher gruselig aussehender kleiner Dinger produzierte, die an transparente rosa Babys erinnerten. Nachdem man sie an den vier Ecken der Torte angebracht hatten, wackelten sie, und ihre Köpfe hingen beunruhigend herunter wie bei echten Babys. Unzählige Behälter voll Sahne mit Muskadintrauben-Geschmack mußten in die Sorbetiére geleert, dort mit schweißtreibender Anstrengung geschlagen und schließlich in die riesige Schwanenform gepreßt werden. Als diese endlich voll war, mußten Maude und Dora sie gemeinschaftlich in den Eisschrank hieven.

„Dieses Ding kommt oben auf die Torte?“ erkundigte sich Lady Beatrice.

„Da soll es hin“, antwortete Mrs. Duncan unglücklich und vermied es, ihr in die Augen zu sehen.

„Klar, und wir tragen es dann rein und tanzen dazu. Na sicher!“ Jane wies mit dem Daumen auf die absurde Menge an Süßigkeiten, die ihre Tragefläche mit dem Gewicht all der Tempel, Putten, Tauben und anderer Dekorationselemente zum Knarzen brachte. Von den Rosen und Farnen, die die Tragestangen verzierten, ganz zu schweigen.

„Nun, so hat seine Lordschaft es gesagt“, antwortete Mrs. Duncan. „Sie sind doch sicher alle gesunde junge Frauen, und es ist ja nicht so, als würde er nicht gut bezahlen.“

Kapitel 9

In welchem das Objekt der Begierde auftaucht.

Alle Bedenken waren vergessen, als Pilkins und Ralph eine halbe Stunde nach Beginn des Abendessens die Küche betraten. Sie trugen einen in Säcke gehüllten Gegenstand zwischen sich. Ralph verhielt ruckartig mitten im Schritt, als er der Damen in ihren Chitons gewahr wurde, und Pilkins fluchte, als der Gegenstand zu Boden krachte. Lady Beatrice erblickte kurz die Ecke eines länglichen, flachen Behälters, ähnlich einer Besteckschatulle, ehe Pilkins sie eilig wieder mit dem Sackleinen bedeckte.

„Du jämmerlicher Waschlappen! Paß doch auf, was du tust", schalt Pilkins. „Ach, und Sie ... Sie ... Mädchen – raus hier. Sie auch, Köchin. Warten Sie in der Speisekammer, bis ich Bescheid gebe."

„Na, Sie machen mir Spaß! Das ist nicht Ihre Küche!“ begehrte Mrs. Duncan laut auf.

„Anweisung Seiner Lordschaft“, antwortete Pilkins. „Du kannst sie begleiten, Ralph.“

„Aber gern“, sagte Ralph und bewegte sich auffällig unauffällig in Maudes Richtung.

„Wenn Sie erlauben“, warf Mrs. Corvey ein, „mein Rheuma macht mir so spät am Abend arg zu schaffen, und Bewegungen sind sehr schmerzhaft. Darf ich hier am Feuer sitzenbleiben?“

Pilkins warf ihr einen Blick zu. „Bei Ihnen wird es wohl in Ordnung sein. Gut, Sie bleiben, aber der Rest geht in die Speisekammer. Aber zackig!“

Die Damen setzten sich anstandslos in Bewegung; Mrs. Duncan folgte mit deutlich weniger Enthusiasmus. Ralph ging zuletzt und schloß die Tür hinter ihnen.

„Hei-ho! ‚Hier steh ich wie der Türk’ mit seinen Weibern‘“, zitierte er kichernd. „Sie natürlich ausgenommen, Köchin“, fügte er hinzu, aber sie gab ihm dennoch eine Kopfnuß.

Währenddessen beobachtete Mrs. Corvey interessiert, wie Pilkins den Kasten auswickelte, der deutlich schwerer zu sein schien, als seine Größe vermuten ließ, denn er keuchte vor Anstrengung, als er ihn über den Boden zu der ächzenden Konstruktion schob, auf der sich der Nachtisch befand. Mrs. Corvey bemerkte dabei eine Reihe von Drehreglern und Schaltern an der ihr zugewandten Seite.

Pilkins schob das Ding unter das Gerüst und fingerte ungeschickt daran herum. Dann hörte Mrs. Corvey ein leises Brummen und sah, wie der Kasten sich jäh durch die Luft bewegte, als falle er nach oben. Er traf mit einem Poltern auf die Unterseite des Tragegestells und verhielt dort anscheinend, während Pilkins auf den Steinfliesen kauerte und brummend seine Handgelenke massierte.

Dann – zunächst kaum merklich, dann immer stärker – begann die Nachspeise zu zittern. Die Wackelpudding-Putten schüttelten die Köpfe, als könnten sie es nicht glauben. Unter Mrs. Corveys überraschten Blicken erhob sich das Dessert auf seinem Riesentablett von dem Stützgerüst und stieg ruckelnd immer höher in die Luft. Es befand sich etwa eine Handbreit unter der Decke, als Pilkins mit einem lauten Fluch auf die Füße kam, hektisch nach den Reglern und Hebeln griff und die Einstellungen veränderte. Ein Ende der Trägermaschine kippte nach unten, dann das andere, und der ganze Aufbau balancierte sich neu aus wie ein frisch vom Stapel gelaufenes Schiff. Er glitt sanft abwärts und schwebte schließlich ein paar Zentimeter über dem Gestell. Die herabhängenden Farne und Blüten verdeckten den flachen Behälter so gut, daß er praktisch unsichtbar war.

Pilkins sackte auf einem Schemel zusammen und zog einen Flachmann aus der Tasche.

„Alles in Ordnung bei Ihnen, Mr. Pilkins?" erkundigte sich Mrs. Corvey.

„So weit, so gut", antwortete er, nahm einen Schluck und steckte den Flachmann wieder ein.

„Ich war beunruhigt, weil ich Sie fluchen hörte."

„Das hatte nichts mit Ihnen zu tun."

„Ich nehme an, es ist bisweilen ein Kreuz, für Seine Lordschaft zu arbeiten", sagte Mrs. Corvey im Tonfall größtmöglicher Untertänigkeit. Pilkins warf ihr einen Seitenblick zu.

„Die Rawdons sind eine alte Familie. Wenn sie über die Jahre etwas eigenwillig geworden sind, so ist es nicht an mir, mit Fremden darüber zu schwatzen."

„Ich wollte Ihnen nicht zu nahe treten ...", begann Mrs. Corvey, doch der Knall, mit dem Mrs. Duncan die Tür der Speisekammer aufstieß, unterbrach sie.

„Ich lasse dich rauswerfen, Ralph, hörst du?!" schrie sie. „Ich bleibe keine Minute mehr mit ihm da drin. Ein ehrloser Lüstling ist er!"

„Ich finde, er macht seine Sache sehr gut", erklang Maudes Stimme aus den Tiefen der Speisekammer. Ralph tauchte feixend daraus auf, gefolgt von den Damen. Als er den schwebenden Nachtisch sah, wies er mit dem Finger darauf und rief: „ Ha! Das tut es also! Ich bin beinahe verrückt geworden beim Überlegen ..."

Mrs. Duncan bemerkte den neuen Zustand der Nachspeise, stieß einen kleinen Schrei aus und wich zurück. „Oh Gott! Er hat es wieder getan, nicht wahr? Dieser unnatürliche ..."

„Halten Sie den Mund!" fuhr Pilkins sie an.

„Was auch immer Sie meinen", warf Mrs. Corvey ein.

„Das Dessert scheint zu schweben", erläuterte Lady Beatrice.

„Oh, so ein Unfug! Ich wette, das ist nur ein Zaubertrick", antwortete Mrs. Corvey. Pilkins warf ihr einen überlegenen Blick zu.

„So muß es sein, bloß ein Bühnentrick, wo Seine Lordschaft doch die Menschen so gerne beeindruckt."

„Das heißt, das Dessert schwebt gar nicht wirklich in der Luft?" Jane stieß eine der Putten mit der Fingerspitze an, so daß sie wackelte. „Was immer Sie sagen; ich bin bloß froh, daß wir uns nicht umbringen werden, wenn wir es hineintragen."

Da erklang ein Gong. Pilkins sprang auf. „Seine Lordschaft begehrt den nächsten Gang! Los! Zimbeln anlegen! Wo ist der gottverfluchte Schwan?"

Der Schwan wurde in seiner Form herbeigewuchtet und auf den Kuchen gestürzt. Man drehte eine

Schraube, so daß Luft in das Vakuum der Form einströmen konnte. Sie löste sich, und der Schwan plumpste mit einem hörbaren Aufschlag an seinen Platz auf dem Kuchen. Die Putten bebten qualvoll.

„Gut. Jetzt ran an das verdammte Ding! Er will, daß ihr lächelt, wenn ihr reinkommt, und ... und ... nicht mit euren Reizen geizt!" schrie Pilkins entfesselt.

„Wir werden uns bemühen, Sir", sagte Lady Beatrice, während sie an eine der Tragestangen trat. Die Devere-Schwestern nahmen auch ihre Plätze ein. Sie stellten fest, daß das Dessert nun einfach zu tragen war und nicht mehr als ein- oder zweihundert Gramm zu wiegen schien. Lady Beatrice begann einen Grundrhythmus mit ihren Zimbeln, die Schwestern fügten einige experimentelle Variationen hinzu, und Pilkins rannte vor ihnen die Treppe hinauf in Richtung der riesigen Bankettafel von Basmond Hall.

„Jetzt könnte ich ein Gläschen Gin gebrauchen", sagte Mrs. Duncan und sackte in ihrem Stuhl zusammen.

„Ich auch", fügte Ralph hinzu.

„Du kannst dich einfach in den Stall verziehen!"

„Vielleicht wären Sie so nett, mich zu meinem Zimmer zu führen?" bat Mrs. Corvey. „Ich bin rechtschaffen müde."

Kapitel 10

In welchem ein Angebot gemacht wird.

Lord Basmond hatte keine Kosten gescheut, das Motiv seiner Wahl umzusetzen; man hatte die Bodenfliesen mit einem Öltuch abgedeckt, das mit einem Mosaikmuster wie in einer römischen Villa bemalt war. Üppige Mengen von Gewächshauspalmen und vielblättrigen Schusterpalmen standen überall zur Dekoration. Fünf Chaiselongues waren um den riesigen Mitteltisch herum gruppiert, auf dem Lady Beatrice die Überreste der üppigen Gerichte erspähte, die man vor dem Nachtisch kredenzt hatte: ein Spanferkel, ein gebratener Pfau mit dekorativem Federschwanz, eine Platte mit Gartenammern, eine Meerbarbe in Orangen-Zitronen-Sauce.

Lord Basmond und seine Gäste lagerten auf den Chaiselongues. Die Gentlemen waren vor Übersättigung ganz rot im Gesicht, einzig Lord Basmond war blass und schwitzte. Er setzte sich beim Eintreten der Damen auf und riß einen Arm in einer präsentierenden Geste nach vorn: „Nun, meine Herren, präsentiere ich Ihnen – zu Ihrer Erbauung – diese liebreizenden Nymphen, die unser vortreffliches und geheimnisvolles Dessert bringen. Die Nymphen besitzen als heidnische Geisterwesen keinerlei Moralvorstellungen und werden all Ihren Wünschen gerne entgegenkommen. Was die anderen Delikatessen angeht ... Sie haben vielleicht von einem Nachtisch gehört, den man ‚schwebende Inseln' nennt. Es handelt sich dabei um eine Metapher. Hier geht es um handfeste Tatsachen. Nymphen! Befreit euch von eurer Last!"

Lady Beatrice ließ ihre Ecke des Nachtisches fahren und begann einen sinnlichen Tanz, in den sie einige Erinnerungen an Indien einfließen ließ. Aus dem Augenwinkel sah sie Maude und Dora Pirouetten drehen und Jane etwas aufführen, das an eine verzückte Polka erinnerte, die vom wahnsinnigen Klingen ihrer Zimbeln begleitet wurde. Ihrer aller Mühen, Terpsichore zur Ehre zu gereichen, blieben jedoch unbemerkt, da die Blicke der Dinierenden am Dessert klebten, das sanft etwa einen Meter zwanzig über dem Öltuch schwebte. Nachdem Lord Basmond sich überzeugt hatte, daß alles zu seiner Zufriedenheit war, wandte er seine Aufmerksamkeit den Gesichtern seiner Gäste zu und versuchte gierig, deren Ausdruck zu deuten. Lady Beatrice schätzte sie ebenfalls ab, einen nach dem anderen.

Prinz Nakhimov war in eine sitzende Position hochgezuckt, starrte die unerwartete Szenerie an und begann gerade, laut zu lachen und zu applaudieren. Ali Pascha hatte die Nachspeise kurz angesehen und war dann von Janes Brüsten abgelenkt worden, die wie Kaninchen aus einem Fuchsbau aus dem Ausschnitt ihres Chitons herausstürzten. Dann verarbeitete sein Geist, was er zuvor gesehen hatte, und er wandte den Kopf so ruckartig wieder dem Nachtisch zu, daß er sich beinahe das Genick ausrenkte.

Graf de Mortain betrachtete alles sehr konzentriert und erhob sich, anscheinend in der Absicht, sich dem Dessert zu nähern, um herauszufinden, worin der Trick bestehen mochte. Er hatte gerade das Ende seiner Couch erreicht, als sich Dora in seinen Arm warf. Die Bänder und Nähte, die ihr Kostüm zusammenhielten, hatten sich gelöst, und das Ergebnis wäre auf jeder anderen Feier einer Katastrophe gleichgekommen. Sie stürzten zusammen zurück auf die Chaiselongue, wo der Graf sich absolut begeistert mit Doras weiblichen Reizen beschäftigte, aber immer wieder Seitenblicke auf die Nachspeise warf.

Der Mund Sir George Spiggotts formte zunächst ein großes, überraschtes „O“, auch seine Augen waren groß und rund, aber ihr Blick verfinsterte sich schnell. „Wie nennen Sie es, dieses ...", rief er aus, endete dann aber mit einem Keuchen, als Maude sich rittlings auf seine Mitte schwang und einige von Lady Beatrices Bewegungen adaptierte.

„Wie ich es nenne?" erwiderte Lord Basmond in theatralischem Tonfall. „Eine Vorführung, meine Herren. Mit der ich zum Punkt und zum Zweck Ihres Besuchs hier komme. Sie alle sind Männer mit Vermögen und Einfluß. Sie werden wissen, ob Ihre Regierung an einer Entdeckung interessiert ist, die ihrem Besitzer ultimative Macht verschaffen kann."

„Was meinen Sie?" forderte Sir George zu wissen, der wieder atmen konnte und an Maude vorbeischaute. Lord Basmond räusperte sich und stellte sich in Positur.

„Während meiner Zeit in Cambridge, meine Herren, studierte ich die versunkene Kultur Ägyptens. Bei einem Urlaub in Frankreich sprach mich ein alter Bettler an, der zuvor ein Mitglied der Armee des verstorbenen Kaisers gewesen war, ein Veteran des Ägyptenfeldzugs. In seiner Notlage bot er mir bestimmte Papyrusrollen zum Kauf an, die er im Land der Pharaonen erbeutet hatte, wobei er sich an ihre genaue Herkunft nicht erinnerte.

Ich erwarb die Schriftrollen und kehrte mit ihnen nach England zurück. Als die Übersetzung ihnen ihre

Geheimnisse entriß, war ich verblüfft festzustellen, daß sie die Methode enthielten, mit der die Pyramiden erbaut worden waren. Die alten Priester hatten ein Verfahren entwickelt, mit dem man die Erdanziehungskraft umgehen konnte, Gentlemen, und das nicht durch Zauberei, sondern durch die Anwendung solider wissenschaftlicher Prinzipien. Sie ließen gewaltige Steinblöcke schweben wie Ballons. Leider fielen die Schriftrollen später einem Feuer zum Opfer, aber zum Glück erst, nachdem ich ihren Inhalt auswendig gelernt hatte.

Betrachten Sie die Delikatessen vor Ihnen. Sehen Sie Seile? Andere Hilfsmittel? Nein, denn es sind keine da. Es ist mir gelungen, das Gerät der Ägypter zu reproduzieren, und ich werde mein Geheimnis an den Meistbietenden verkaufen.

Bedenken Sie die Anwendungsmöglichkeiten! Jede Nation in Besitz meines Geräts wird ihre Konkurrenten schnell an Macht überflügeln. Bedenken Sie die Geschwindigkeit und Erleichterung bei staatlichen Bauarbeiten, wenn jeder Arbeiter Steinblöcke heben kann, als wären es Federn. Bedenken Sie die Möglichkeiten in der Industrie, meine Herren, und – wage ich, es auszusprechen? – in der Landesverteidigung! Stellen Sie sich vor: schwebende Kanonen oder Versorgungsfahrzeuge, leicht wie Seifenblasen und schnell wie Schlitten. Oder schwebende Plattformen, von denen aus man die feindlichen Stellungen observieren oder auch bombardieren kann.

Derjenige von Ihnen, der das höchste Gebot abgibt, gewinnt diesen unglaublichen Vorteil, Gentlemen!"

„Was ist das Startgebot?" erkundigte sich Prinz Nakhimov.

„Zwei Millionen Pfund, Sir", entgegnete Lord Basmond, während Sir George protestierte: „Sie hätten das zuerst Ihren Landsleuten anbieten müssen, Sie Hundsfott!"

„Ich habe Sie eingeladen, oder etwa nicht? Wenn Sie wollen, steht es Ihnen frei, die anderen Herren zu überbieten", antwortete Lord Basmond ungerührt. „Aber bitte! Ich sehe, die Eiscreme schmilzt. Lassen Sie uns unser Naschwerk genießen und hoffen, daß es Ihr Mütchen kühlen wird. Erst das Vergnügen, dann die Arbeit, meine Herren. Morgen folgt eine Besichtigung meines Laboratoriums, und Sie werden weitere verblüffende Demonstrationen der Levitation sehen. Die erste Bietrunde beginnt haargenau um zwei Uhr nachmittags. Heute nacht genießen Sie meine Gastlichkeit und die Dienste dieser bezaubernden Frauen. Pilkins? Tun Sie den Herren auf."

„Sogleich, Sir", entgegnete Pilkins und kletterte auf einen Stuhl.

Eine Orgie begann.

Kapitel 11

In welchem unsere Heldin und ihre Wohltäterin Entdeckungen machen.

Nachdem sie Ralph freundlich eine gute Nacht gewünscht hatte, drückte sich Mrs. Corvey an ihrem Schrankkoffer vorbei und setzte sich auf die schmale Bettstatt, die man für sie hergerichtet hatte. Ihr Gehör war sehr gut, ein Vorteil, den ihre Jahre in Blindheit ihr eingebracht hatten, und so lauschte sie geduldig, wie Ralph die knarzenden Stufen zu seinem Zimmer über den Stallungen erklomm. Er zog sich aus, warf sich in sein Bett und gönnte sich eine ausgedehnte Episode der Onanie (sofern Mrs. Corvey die vernehmlichen Anzeichen einsamer männlicher Erregung richtig einschätzte). Schließlich begann er zu schnarchen.

Als sie sicher war, daß Ralph nicht aufwachen würde, erhob sich Mrs. Corvey und ging ans andere

Ende ihrer Kammer, wo das einzige, kleine Fenster das Mondlicht hereinließ. Sie sah hinaus und begutachtete die abschüssige Böschung, die zu den Gärten hinter Basmond Hall hinunterführte. Vielleicht war „Gärten" etwas hochgegriffen – es schien einen alten Obstgarten und ein paar Gemüseanpflanzungen mit Kohl und Kräutern am Rande eines großen, zugewucherten Parks zu geben. Direkt geradeaus jedoch befand sich ein modernes Bauwerk aus Ziegelsteinen und Schiefer, etwa zweimal so groß wie ein Kutschhaus. Es stand in scharfem Gegensatz zu der Atmosphäre pittoresken Verfalls, die Basmond Hall ansonsten auszeichnete.

Mrs. Corvey musterte es einen Moment lang versonnen, ehe sie sich vom Fenster abwandte und den Schrankkoffer öffnete. Schnell legte sie ihre Kleidung ab und zog eine einfache dunkle Hose und einen Strickpullover hervor, die wie für einen Jungen gemacht schienen. Nach dem Anziehen öffnete sie eine unauffällige Klappe im Deckel des Schrankkoffers und legte einen Kasten mit einem Dutzend Messingpatronen frei, die in etwa die Größe von Gewehrmunition hatten. Sie griff nach ihrem Gehstock, tätigte einige Einstellungen daran und lud die Munition in die Kammer, die sich darin geöffnet hatte. Derart ausgestattet huschte Mrs. Corvey aus ihrem Zimmer hinaus in den Hof und durch die Schatten an seiner östlichen Flanke.

Die Tatsache, daß man das Fallgatter heruntergelassen hatte, verursachte ihr Unbehagen. Nach kurzer Untersuchung stellte sich jedoch heraus, daß das eiserne Gitterwerk dafür gebaut worden war, den breitschultrigen Recken von anno dazumal den Eintritt zu verwehren. Mrs. Corvey dagegen, weiblich und in jungen Jahren ständig unterernährt, war klein genug, um sich ohne Schwierigkeiten hindurchzuquetschen. Sie kletterte den Hügel hinunter in den trockenen Burggraben und arbeitete sich in die Gärten vor.

Dort betrat sie einen kurzen Abschnitt ebenen, wenn auch schlecht gepflegten Rasens. Dahinter, dicht am Hügel, befand sich das neue Bauwerk. Mrs. Corvey fragte sich, ob es sich wohl um ein Gewächshaus handeln könne, denn die Nordseite bestand fast komplett aus Fensterglas. Sie umkreiste das Gebäude, fand aber überraschenderweise keine Tür und auch kein Fenster, das den Anschein erweckte, man könne es öffnen.

Mrs. Corvey nahm die Brille ab und fuhr ihre Optik bis ans Glas aus. Das Mondlicht erleuchtete den Innenraum ziemlich gut. Sie entdeckte keinerlei Pflanzen, sondern statt dessen mehrere Tische, auf denen sich diverse Glasgefäße wie aus einem chemischen Labor befanden. Andere Tische hielten Werkzeuge und kleine Maschinen bereit, deren Sinn und Zweck sie nicht erkennen konnte. In einer Ecke befand sich eine dunkle, unförmige Dampfmaschine. In der anderen bemerkte Mrs. Corvey eine Tür und erkannte, daß man das Laboratorium von innen betreten mußte, denn die Tür befand sich in der Hauswand, die sich an den Hügel schmiegte. Von dort mußte es einen Gang nach oben in den Turm geben.

Mrs. Corvey nickte unwillkürlich und machte sich daran, die Bleieinfassung der Fensterscheiben zu untersuchen. Nahe dem Erdboden fand sie eine Stelle, an der man die Scheibe anscheinend kürzlich ersetzt hatte, da das Blei heller schien. Sie zog eine lange Haarnadel aus ihrem Dutt und kratzte damit das Blei vom Rand der Fensterscheibe. Nach einigen Minuten gewissenhafter Arbeit ließ sie das Glasstück aus dem Rahmen herausgleiten und legte es behutsam zur Seite. Es war nicht schwieriger, durch die entstandene Lücke nach drinnen zu klettern, als zuvor durch das Fallgatter zu kommen. Mrs. Corvey amüsierte sich einen Augenblick darüber, daß sie eine ausgezeichnete Einbrecherin abgegeben hätte, wenn das Schicksal sie nicht an den Ort geführt hätte, an dem sie heute stand.

Als nächstes untersuchte sie das Laboratorium ausführlich, merkte sich die Einzelheiten und wünschte sich, Mr. Felmouth würde sich die Mühe machen, eine Kamera zu bauen, die klein genug war, sie bei derartigen Anlässen mitzuführen. Aufzeichnungen, Papiere und Protokollbücher, aus denen sich Hintergründe zu den Maschinen erschließen lassen könnten, suchte sie vergebens. Danach rückte Mrs. Corvey der Tür mit ihrer Haarnadel zu Leibe und stand einen Augenblick später vor dem pechrabenschwarzen Tunneleingang auf der anderen Seite.

Im nachhinein mußte Lady Beatrice zugeben, daß die Bettlaken bewundernswert praktische Kostüme für das abendliche Fest abgaben. Im Verlauf ihrer Arbeit war sie mit Eiscreme, Zuckerguß, Kuchenkrümeln, Rosenblättern und verschüttetem Wein besudelt worden. Die letztgenannte Substanz hatte sich allerdings nicht in ekstatischer Ausschweifung über ihren Busen ergossen, sondern als Prinz Nakhimov über den Anblick Sir Georges, der eine der Wackelpudding-Putten komplett hinunterschluckte, derart erschrak, daß er sein Weinglas fallenließ. Sir George hatte das Ereignis mit den süffisanten Worten eingeleitet: „Die verdammte Presse behauptet, ich würde die Babys der Arbeiter zum Frühstück verspeisen. Wollen doch mal sehen, ob ich den Kiefer so weit aufbekomme!“

Lady Beatrice bediente im Laufe der Feierlichkeiten jeden der vier Gäste, da bei allen der Teilungsgedanke, die Damen betreffend, tief verwurzelt war. Lord Rawdon ließ sich immerhin zur Fellatio hinreißen, als seine Gäste darauf bestanden, daß auch er sich den verfügbaren fleischlichen Freuden hingab, lehnte es aber ab, sich mit jemandem zurückzuziehen, als der lange Abend sich dem Ende neigte. Statt dessen fand sich Lady Beatrice als Beute Prinz Nakhimovs wieder; Ali Pascha nahm Dora mit in sein Bett. Jane wurde forsch und eher geschäftsmäßig von Sir George Spiggott mitgenommen, und Maude zog sich am Arm Graf de Mortains zurück.

In der Einsamkeit seines Schlafgemachs entledigte sich Prinz Nakhimov seiner Kleidungsstücke und erwies sich, was Haarigkeit und Tierhaftigkeit anging, als echter russischer Bär. Die erfordliche Athletik allein war einigermaßen anstrengend für Lady Beatrice, und so war sie mehr als nur ein wenig verärgert, als der Prinz nach etwa zwei Stunden Hochleistungssport seine Bettdecke über sich zog, sich von ihr wegdrehte und sagte: „Danke. Sie können gehen."

„Soll ich denn nicht hier schlafen?"

„Shto?" Der Prinz schaute verblüfft über die Schulter zu ihr. „Hier? Sie? Ich schlafe nie neben – entschuldigen Sie meine Direktheit – Huren." Er drehte sich zurück zu seinem Kissen; die sehr verstimmte

Lady Beatrice sammelte die klebrigen Reste ihres Kostüms ein und hielt sie vor sich, als sie das Gemach verließ.

Nun blieb ihr die Wahl, in ihrem – sehr nackten – Zustand nach unten zu gehen und ihren Schrankkoffer zu suchen, einen Morgenmantel anzulegen und sich bis zum Morgengrauen auf einer der Chaiselongues auszuruhen oder eine der übrigen Schlafzimmertüren zu öffnen, um zu schauen, ob eines der anderen Pärchen Platz für eine dritte Person hatte. Da sie sich nach Schlaf sehnte, entschied sich Lady Beatrice für ersteres.

Sie ging die Stiege hinunter und die Galerie entlang zur großen Treppe. Ungetrübtes Mondlicht fiel durch die Fenster herein und ließ die Farben einiger der Portraits an den Wänden an den entsprechenden Stellen erstrahlen. Lady Beatrice verhielt ihren Schritt, um sie zu mustern. Man erkannte direkt, daß Lord Basmond ein echter Rawdon war – hier reihte sich Gesicht an Gesicht mit denselben strahlenden Augen und den anmutigen Gesichtszügen, ganz zu schweigen von der Aura der Arroganz, die alle Portraitierten umgab. Besonders fiel Lady Beatrice ein Gemälde auf, das das Mondlicht direkt beschien. Es zeigte ein Kind, vermutete sie, eine winzige Schönheit in einem elisabethanischen Kleid. Der breite Spitzenkragen umrahmte das herzförmige Antlitz. Ein silbernes

Netz bändigte ihr Haar, das so hell war, daß es fast weiß wirkte. Der Kontrast der dunklen Augen zu der zarten Blässe war überwältigend. „Hellspeth Rawdon, Lady Basmond“, stand auf der Messingplatte unten auf dem Rahmen.

Lady Beatrice wurde sich der Kälte bewußt und ging weiter. Sie hatte gerade die letzten Portraits passiert, als ihr eine offene Tür auffiel, durch die man die Ecke eines Bettes erahnen konnte. In der Hoffnung auf einen wärmeren Ruheplatz für den Rest der Nacht öffnete Lady Beatrice die Tür ganz und linste hinein.

Eine einzelne, bereits weit heruntergebrannte Kerze neben der Bettstatt erhellte den Raum notdürftig. Lord Basmond lag – vollständig angekleidet – quer über dem Bett. Seine Augen waren offen und glänzten im Kerzenschein. Lady Beatrice begriff sofort, daß er tot war. Gleichwohl schritt sie über die Schwelle, um ihn sich genauer anzusehen.

Sein Mund stand in einem stummen Protestschrei weit offen. Man konnte keine Wunden erkennen, aber der unnatürliche Winkel, in dem sich sein Genick befand, zeigte eindeutig, was Lord Basmonds Ableben verursacht hatte. Er konnte nicht länger als zwei Stunden tot sein, aber es schien, als wäre er in dieser kurzen Zeit bereits innerhalb seiner Kleidung zusammengeschrumpft. Er wirkte fragil und mitleiderregend. Lady Beatrice dachte an die Ahnengalerie, an die lange Reihe der Jahrhunderte, die zu diesem letzten, traurigen, zerbrochenen Geschöpf geführt hatte.

Lady Beatrice warf einen Blick durch den Raum und suchte nach offensichtlichen Hinweisen, fand aber keine. Dann trat sie zurück in den Gang und stand einen Augenblick in Gedanken da, während sie überlegte, was sie als nächstes tun sollte.

Kapitel 12

In welchem noch weitere Entdeckungen gemacht werden.

Lady Beatrice gelangte schnell zu der Erkenntnis, daß sie in ihrem augenblicklichen Zustand der Unbekleidetheit nichts erreichen konnte, und ging daher nach unten in die Küche. Das Feuer war heruntergebrannt, die Platte aber noch sehr warm, und so pumpte sie mehrere Liter Wasser hoch und erhitzte sie, so daß sie neben dem Herd darin baden konnte.

Danach identifizierte sie ihren Schrankkoffer, zog sich im Lichte des Herdfeuers an und ging durch die Seitentür hinaus, über den Hof und zu den Stallungen. Sie fand das Gemach, das man Mrs. Corvey zugewiesen hatte, und klopfte leise an, um von ihrer Entdeckung zu berichten. Als niemand auf ihr Klopfen reagierte, öffnete sie die Tür und sah das leere Bett. Lady Beatrice kehrte in die Küche zurück, wo sie Dora begegnete, die gerade in einem Zustand klebriger Nacktheit die Freitreppe herunterkam, die Reste ihres Gewandes hinter sich herschleifend.

„Oh, gut, das Feuer ist noch an", rief Dora, warf das Gewand beiseite und lief zur Spüle, um Wasser hochzupumpen. „Wenn ich nicht baden kann, muß ich schreien. Hat deiner auch geschnarcht?"

„Er hat mich rausgeworfen."

„Ah! Manchmal tun sie das, nicht wahr? Mein Pascha hat mich rangenommen wie ein brünftiges Hermelin, bis er einschlief, und dann hat er geschnarcht, daß die Bettvorhänge bebten."

„Du hattest also keine Gelegenheit, ihn unter Drogen zu setzen?"

„Mit meinen Knöpfchen? Nein. Erstens wollte er keinen Wein trinken, und zweitens – was hätte es gebracht? Wir wissen so viel wie er. Wenn wir mehr über das Schwebegerät wissen wollen, müssen wir Lord Basmond die Wahrheitsdroge geben."

„Das wäre unterdessen nur noch schwer möglich, fürchte ich", sagte Lady Beatrice und berichtete von ihrer Entdeckung in der Schlafkammer seiner Lordschaft. Dora riß die Augen auf.

„Nein! Bist du sicher?"

„Ich erkenne einen Toten, wenn ich einen sehe", antwortete Lady Beatrice.

„Verflixt und zugenäht! Sehr geschickt, jemanden zu beseitigen, wenn Huren da sind, denen man alles in die Schuhe schieben kann. Ich schätze, jetzt müssen wir alle hysterisch schreiend zum Butler rennen, um Bericht zu erstatten. Jane und Maude haben wenigstens Alibis. Aber vorher müssen wir der Chefin Bescheid sagen." Dora stellte einen Eimer Wasser auf den Herd.

„Sie ist nicht in ihrem Gemach", erklärte Lady Beatrice.

„Nein? Ich schätze, es kann sein, daß sie seine Lordschaft abgemurkst hat."

„Würde sie das tun?"

„Man kann nie wissen. Ich finde, es war schon Landesverrat, eine solche Erfindung anderen Königreichen anzubieten, oder? Sie könnte entschieden haben, ihn umzulegen und das Ding für die Gesellschaft zu konfiszieren. Falls es so war, könnte sie draußen sein, um die Vertuschung zu arrangieren."

„Dann laß uns nicht gleich zu Pilkins rennen", schlug Lady Beatrice vor. „Was ist aus den Resten des Desserts geworden?"

„Das ist eine gute Frage", sagte Dora. „Speisekammer?"

Sie verließen die stille Küche, folgten der Spur aus Kuchenkrümeln und großen Tropfen Bayrischer Creme und fanden die Überreste des Desserts wie erwartet in der Speisekammer. Inzwischen war das Kunstwerk völlig ruiniert und lag seitlich auf den Steinfliesen. Die Getreidedarre lehnte an der Wand.

„Noch mal verflixt und zugenäht“, sagte Dora. „Wo ist der wundersame Flugapparat? Der Behälter oder das Brett oder was es war, das Pilkins gebracht hat.“

„Hier ist es jedenfalls nicht“, antwortete Lady Beatrice.

„Denkst du, die Chefin hat es?“

„Könnte sein, aber ...“, begann Lady Beatrice, wurde jedoch von einer längeren Serie von dumpfen Schlägen aus dem Obergeschoß unterbrochen. Sie sahen einander kurz an und hasteten nach oben. Lady Beatrice hob ihre Röcke, um schneller vorwärtszukommen. Dora, die mangels Bekleidung beweglicher war, erreichte die große Halle als erste. Lady Beatrice hörte sie einen ziemlich schockierenden Fluch ausstoßen, ehe sie selbst bei ihr ankam und erkannte, warum: Arthur Fitzhugh Rawdon, Lord Basmond, lag als zerknitterter Haufen Mensch am Fuße der großen Treppe.

Die beiden Damen standen einen langen Augenblick still und betrachteten die Leiche.

„Schrecklich praktischer Unfall“, bemerkte Lady Beatrice schließlich.

„Ich glaube, es sieht besser aus, wenn du das Schreien übernimmst", sagte Dora und machte eine Geste in Richtung ihres pudelnackten Leibes.

„Wie du meinst", antwortete Lady Beatrice. Dora zog sich in die Küche zurück. Lady Beatrice räusperte sich, holte tief Luft und gab den durchdringenden Schrei einer verängstigten Frau von sich.

Mrs. Corvey hielt nur so lange inne, wie sie brauchte, um die Nachtsichtfunktion ihrer Augenoptik zu aktivieren. Dann betrat sie den Gang. Augenblicklich erkannte sie die Tunnelwände und den Boden, die sich grünliche in die Ferne erstreckten. Sie hatte dasselbe moderne Mauerwerk wie in dem Laborgebäude erwartet, doch der Tunnel schien bereits älter zu sein: willkürlich zusammengesetzt aus vermörtelten Steinen, hölzernen Stützpfeilern und überall von Wurzelwerk durchbrochen – weißen, fadigen ebenso wie knorrigen, dunklen, unterirdischen Gliedmaßen.

Auf ihrem Weg den Gang entlang fand Mrs. Corvey an verschiedenen Stellen Fußspuren. Die meisten waren klein, nicht viel größer als ihre, aber zweimal bemerkte sie auch eine wesentlich größere Spur, mit Sicherheit von einem Mann. Außerdem nahm sie fremdartige Luftströmungen im Tunnel wahr. Nach knapp hundert Metern entdeckte sie das, was sie für die Ursache hielt: Ein zweiter Tunnel öffnete sich, wo einige Steine und Mörtel zusammengebrochen waren und eine schmale Lücke in der Wand freigaben.

Mrs. Corvey untersuchte den Tunnelboden vor der Lücke. Jemand war in jüngster Vergangenheit hindurchgegangen, soweit man es an den Fußspuren im Erdreich ablesen konnte. Sie wandte sich um und bedachte die Richtung des Stollens, der einige Meter weiter voraus endete, wo eine Leiter nach oben führte, zweifelsohne in den Turm darüber, mit einem Blick. Sie gab ihrer Eingebung nach, wandte sich zurück und glitt durch die Lücke in den zweiten Tunnel.

Die Wände dort schienen noch viel älter zu sein, in der Tat schienen sie gar nicht von Menschen erbaut, sondern von einem riesengroßen Geschöpf gegraben worden zu sein. Die Luft roch erdig und weich, und in der Ferne tropfte Wasser und erzeugte Echos. Mrs. Corvey spähte in die Tiefen und entdeckte weiter vorn etwas Scharlachrotes in der grünen Düsternis, eine unregelmäßige Masse vor einer der Wände.

Sie hob ihren Gehstock an die Schulter und ging behutsam vorwärts, einen Meter, zwei, drei. Dann gab es einen jähen Blitz grellen Lichts und ein ... Dröhnen? Nein. Mrs. Corvey konnte nicht sagen, was für ein Sinneseindruck es gewesen war, der ihre

Nerven so qualvoll getroffen hatte. Sie schwankte einen Augenblick, bis sie ihr Gleichgewicht wiedergefunden hatte. Zwei, drei tiefe Atemzüge stellten ihre Contenance wieder her. Dann hörte sie ein Ächzen vor sich in der Dunkelheit, gefolgt von einer männlichen Stimme:

„Wissen Sie, wenn ich hier sterben soll, möchte ich gerne erschossen werden. All dieses Blenden und Anketten und so weiter wird langsam langweilig."

Kapitel 13

In welchem Mr. Ludbridge eine eigenartige Geschichte erzählt.

Die rote Masse hatte sich verschoben und nahm nun die Gestalt eines Mannes an, der zusammengesackt an der Tunnelwand lehnte, wobei ein Arm unangenehm nach oben wegstand. Als sie sich näherte, erkannte Mrs. Corvey, daß er an der Stelle mit einer Handfessel fixiert war, deren Kette um eine der uralten Wurzeln geschlungen war.

„Mr. Ludbridge?“ erkundigte sie sich.

Sein Kopf ruckte hoch und in ihre Richtung.

„Ist das eine Dame?“

„Das bin ich. William Reginald Ludbridge?“

„Könnte sein”, entgegnete er. Sie war auf wenige Schritte herangekommen, öffnete ein Fach in ihrem Stock, entnahm ihm ein Streichholz und entzündete es. Der Kreis des tanzenden Lichtscheins erwies unzweifelhaft, daß es sich in der Tat um den vermißten Agenten Ludbridge handelte. „Wer ist da?“

„Elizabeth Corvey, Mr. Ludbridge. Vom Nell Gwynne's.”

„Sind Sie das? Was wird aus Illusionen?“

„Wir zerstreuen sie“, antwortete sie, erleichtert, daß sie sich an die Parole erinnern konnte, denn sie mußte sie nur selten abgeben.

„Wir sind überall. Falls Sie sich fragen, wieso das Streichholz kein Licht gibt, das liegt an diesem gottverfluchten – ich bitte um Verzeihung – diesem Ding, das Sie ausgelöst haben. Es wird mindestens eine Stunde dauern, ehe wir wieder etwas sehen können.“

„Ehrlich gesagt sehe ich Sie, Mr. Ludbridge.“ Sie blies das Flämmchen aus.

„Bitte? – Oh! Mrs. Corvey. Sie sind die Dame mit den … verzeihen Sie mir, Madam, aber ich hatte nicht damit gerechnet, daß die SGG die Hilfstruppe der Damen zu meiner Rettung schickt. Der Blitz hat Ihre ... äh ... Augen also nicht beeinträchtigt?“

„Es sieht nicht so aus, Sir.“

„Das ist doch mal was. Äh ... ich gehe davon aus, daß man Sie nicht allein geschickt hat?“

„Nein, Sir. Einige meiner Mädchen sind oben und, wie Sie wohl sagen würden, unterhalten Lord Basmond und seine Gäste.“

„Ha! Genial. Ich nehme an, Sie haben nicht zufällig eine Eisensäge dabei, Mrs. Corvey?“

„Nein, aber lassen Sie mich sehen, was ich mit einer Kugel ausrichten kann.“

Mrs. Corvey setzte das Ende ihres Gehstocks gegen die Wurzel, wo die Kette der Handfessel entlanglief, und drückte ab. Die Kette barst mit einem Knall, und weiße Wurzelflocken drifteten wie Schnee zu Boden. Ludbridges Arm fiel leblos herab.

„Ich bin Ihnen zu tiefstem Dank verpflichtet“, sagte er, während er mit einem Keuchen versuchte, dem Arm durch Kneten wieder Leben einzuhauchen. „Was haben Sie herausgefunden?“

„Wir wissen von dem Levitationsgerät.“

„Gut, aber das ist nicht alles. Bei weitem nicht. Da ist dieses Ding im Tunnel, das so ausgezeichnet Einbrecher fängt, und ich vermute, es gibt noch mehr.“

„Was genau ist es, Mr. Ludbridge?“

„Verdammt, wenn ich das wüßte – ich bitte um Verzeihung. Sie haben das Laboratorium gesehen, oder?“

„In der Tat, Mr. Ludbridge, da komme ich her.“

„Genau wie ich. Bin reingeklettert und habe mich umgesehen. Aufzeichnungen gemacht und Skizzen. Die sind auch irgendwo hier ...“ Ludbridge betastete seine Manteltaschen. „Ja, gewiß. War im anderen Stollen unterwegs, als ich die Falltür oben hörte, und wie jemand die Leiter herunterkletterte. Löschte schnell mein Licht und hechtete in das, was ich für eine Wandnische hielt, um nicht bemerkt zu werden. Das verdammte Ding zerbröselte hinter mir, und ich fiel hier rein.

Ich hörte schnelle Fußtritte im Haupttunnel vorbeieilen. Als ich mich sicher fühlte, machte ich mein Licht wieder an und sah mich um. Das hier ist nur der Eingang in ein riesiges Netzwerk von Stollen, wissen Sie? Ein richtiges Labyrinth. Es ist ein Wunder, daß Basmond Hall noch nicht in dem Hügel versunken ist. Ich konnte Wasser hören und den Luftzug spüren, also beschloß ich, es zu erforschen und zu sehen, ob ich nicht einen diskreten Ausgang finden konnte.

Das war vor zwei Wochen, glaube ich. Ich habe keinen Ausgang gefunden, aber dafür alles mögliche andere, manches davon sehr fremdartig. Es gibt einen unterirdischen See, den eine Quelle speist, Ma'am, und etwas, das wie die Ahnengräber der Rawdons aussieht – zumindest hoffe ich, daß sie das sind. Müllhaufen voll bizarrer Gegenstände. Jemand lebte schon lange, als die Rawdons mit William dem Eroberer hierherkamen, das kann ich Ihnen sagen! Ich muß bedauerlicherweise gestehen, daß ich mehr als einmal fehlging. Ohne meine Rationen und die Quelle wäre ich hier unten gestorben.

Als ich schließlich wieder den Weg nach oben fand, eilte ich jubelnd diesen Gang hier entlang – direkt in das Was-immer-es-ist, das diesen schrecklichen Blitz erzeugt. Ich wurde beim ersten Mal ohnmächtig. Als ich erwachte, war ich an die Wand gekettet, wie Sie mich angetroffen haben. Das war ... gestern? Ich bin mir der Zeitläufe etwas unsicher, fürchte ich."

„Lord Basmond hatte augenscheinlich bemerkt, daß es einen Eindringling gab", sagte Mrs. Corvey.

„Sehr richtig. Habe ihn aber nicht gesehen. Ist nicht mal heruntergekommen, um sich vor mir zu brüsten, worauf ich ehrlich gesagt gehofft hatte. Dann hätte ich versucht, ihn davon zu überzeugen, der SGG beizutreten. Aber genausogut ist, daß Sie gekommen sind."

„Was nun, Mr. Ludbridge?"

„Tja, was? Ich bin in Ihrer Hand, Madam."

Mrs. Corvey wandte sich um und musterte den Boden des Stollens. Jetzt erkannte sie auch den geflochtenen Draht, der sich über den Weg spannte, und die Metallkiste, an die er angeschlossen war.

„Ich denke, wir entkommen jetzt, Mr. Ludbridge."

Kapitel 14

In welchem man Lord Basmond mit augenscheinlicher Ernsthaftigkeit betrauert.

„Er muß gestürzt sein“, erläuterte Sir George Spiggott.

„Ein bedauerlicher Unfall“, sagte Ali Pascha mit einem prüfenden Blick zu Sir George. Jane, die ihnen folgte und ihren Chiton an sich preßte, trug einen ähnlichen Gesichtsausdruck.

„Was wird jetzt wohl aus der Auktion?“ fragte Prinz Nakhimov.

„Er hatte Knochen wie Zuckerstangen“, klagte Pilkins. Er kniete neben Lord Basmonds Leichnam. „Schon immer. Hat sich als Knabe dreimal den Arm gebrochen. Gott helfe uns, was nun? Er war der einzige mit ... will sagen ...“

„Der einzige mit den Plänen für das Levitationsgerät?“ bohrte Lady Beatrice nach. Pilkins sah verlegen zu ihr auf, ehe sein Antlitz sich vor Mißbehagen verfinsterte. „Das reicht an bissigen Bemerkungen!" donnerte er. „Ich lasse nicht zu, daß der Schutzmann Sie Pack hier vorfindet! Ich will, daß Sie nach unten gehen, alle Huren, sofort! Sie gehen da runter und sind still, wenn Sie wissen, was gut für Sie ist!" Er wandte sich um, um Dora, die gerade in respektabler Kleidung aus der Küche kam, einen mißvergnügten Blick zuzuwerfen.

„Wie Sie wollen. Wir gehen", sagte sie, sah sich um und fügte hinzu: „Wo ist Maude?"

„Wo ist Graf de Mortain? Er kann nach diesen Schreien unmöglich weiterschlafen", warf Prinz Nakhimov ein.

„Vielleicht sollte ich sie holen gehen", schlug Lady Beatrice vor und begann, die Freitreppe zu erklimmen.

„Nein! Ich sagte doch, Sie sollen .... sollen ... oh, verfluchtes Schicksal", protestierte Pilkins unter weiteren Tränen. „Gehen Sie, gehen Sie hoch und wekken Sie sie auf, und dann will ich Sie alle von hinten sehen!"

„Aber gerne doch", erwiderte Jane und ging an ihm vorbei nach unten. Währenddessen hastete Lady Beatrice die große Freitreppe nach oben und unter den Augen der früheren Rawdons die Galerie entlang. Das Mondlicht war zwar inzwischen weitergewandert, doch Hellspeth Rawdon schien noch immer feenhaft zu leuchten.

Lady Beatrice klopfte zweimal an die Tür der Schlafkammer, die man dem Grafen de Mortain zugewiesen hatte, bekam aber keine Antwort. Schließlich öffnete sie die Tür und linste hinein. Sie sah eine Kerze auf der Kommode und Maude, die allein im Bett lag und tief und fest schlummerte.

„Maude!“ Lady Beatrice lief in den Raum und rüttelte Maude an der Schulter. „Wach auf! Wo ist der Graf?’“

Trotz aller Anstrengungen seitens Lady Beatrice blieb Maude besinnungslos. Lady Beatrice schnupperte an den Resten in dem Weinglas, das sich auf dem Nachttisch befand, und hatte den Eindruck, einen medizinischen Geruch wahrzunehmen. In dem Raum fand sich kein Hinweis auf den Grafen de Mortain.

Als diese Geschehnisse der Gruppe im Erdgeschoß kolportiert wurden, rief Sir George Spiggott aus: „Es war der verdammte Froschfresser! Ich wette tausend Pfund, daß er Lord Basmond die Treppe hinuntergestoßen hat.“

„Sie schicken besser gleich nach dem Schutzmann, statt bis morgen zu warten“, empfahl Ali Pascha Pilkins.

„Würde mir in der Zwischenzeit jemand helfen, Maude nach unten zu bringen?“ erkundigte sich Lady Beatrice. Prinz Nakhimov stellte sich zur Verfügung und trug Maude, die schlaff wie ein nasses Handtuch in seinen Armen hing, hinunter in die große Halle, von wo aus Lady Beatrice und Dora sie zwischen sich hinunter in die Küche schleppten.

„Wie unendlich peinlich“, bemerkte Jane, die beim Herdfeuer badete. „Wir sollten doch die Drogen einsetzen“

„Wir hätten damit rechnen müssen“, entgegnete Lady Beatrice grimmig. Sie trat an die Spüle und pumpte einen Eimer voll mit kaltem Wasser. „Ich vermute, der Graf hat sie chloroformiert und dann Lord Basmond ermordet, um das Gerät stehlen zu können.“

„Was?“ Jane hielt mitten im Einseifen inne. „Ich dachte, Lord Basmond sei die Freitreppe heruntergefallen.“

Dora erklärte ihrer Schwester, daß Lady Beatrice den Hausherren bereits tot in seinem Bett aufgefunden hatte, ehe man seinen Leichnam die Treppe heruntergestoßen hatte. Jane kniff die Augen zusammen.

„Seid nicht zu sicher, daß der Graf der Mörder ist“, sagte sie. „Meiner hatte außerordentlich schlechte Laune. Er hat's nur einmal mit mir getrieben, grob und bäurisch. Hat immer wieder gesagt, es sei mein Glück, daß ich Engländerin wäre. Schließlich kletterte er aus dem Bett und verließ den Raum. Ich fragte ihn, wo er hinwolle, und er antwortete, ich solle mich um meinen eigenen Kram kümmern. Er war keine zehn Minuten fort. Als er zurückkam, war er nicht mehr er selbst – leichenblaß und zitternd. Ich tat, als schliefe ich, weil er mir auf die Nerven ging, aber er versuchte gar nicht, mich für eine weitere Runde aufzuwecken. Er wälzte sich etwa zwanzig Minuten neben mir hin und her, sprang dann aus dem Bett und rannte aus der Kammer. Diesmal war er nur etwa fünf Minuten verschwunden und sehr außer Atem, als er zurückkam. Hüpfte ins Bett und zog die Decke über sich. Es schien nur ein kurzer Augenblick vergangen zu sein, als wir dich schreien hörten."

„Hattest du je das Gefühl, er hätte innegehalten, um etwas im Raum zu verstecken?" fragte Lady Beatrice, während sie den Inhalt des Eimers über Maude auskippte. Diese stöhnte und versuchte, sich aufzusetzen.

„Nein."

„Er mag seine Lordschaft ermordet haben, aber das bedeutet nicht, daß er das Gerät entwendet hat", warf Dora ein, die neben Maude hockte und ihr ein Fläschchen mit Riechsalz unter die Nase hielt. Maude hustete schwach und öffnete die Augen.

„Verdammt und zugenäht“, fluchte sie leise.

„Wach auf, meine Liebe.“

„Der Bastard hat mir was untergejubelt.“

„Ja, haben wir uns gedacht.“

„Wir hatten so viel Spaß im Bett.“ Maude beugte sich vor und massierte ihre Schläfen. „So ein munterer Bursche – und so fröhlich. Allerdings hat er kein Geld. Sagte, er sei erfreut über eine Nacht mit freier Kost und Kopulation, aber er sei nicht in der Lage, auf das Schwebegerät zu bieten.“

„Hast du eine Ahnung, wo er hingegangen sein könnte?“

„Keine. Was ist passiert?“

Die anderen Damen gaben ihr einen kurzen Abriß der Ereignisse. Inmitten ihres Berichts schlurfte Mrs. Duncan, tränenumflort eine Kerze umklammernd, die Treppe herunter.

„Ach, es ist so grausam“, weinte sie. „Was soll nun aus uns werden – und die Basmonds! Was wird nur aus den Basmonds?“

„Scheiß auf die Basmonds“, antwortete Maude, die sich noch immer sehr krank fühlte.

„Wie kannst du es wagen, du Aas? Sie sind eine der ältesten Familien des Landes!“ wehklagte Mrs. Duncan. „Runiert! Alles ruiniert – und dann hat er auch noch den Treuhandfonds geplündert. Was soll nur werden?“ Sie sank auf einen Schemel und gab sich einem wütenden Weinkrampf hin.

„Treuhandfonds?“ erkundigte sich Lady Beatrice.

„Das geht euch verdammt noch mal nichts an. Es ist das Ende der Basmonds.“

„Gibt es denn keine Vettern, die alles erben?“ forschte Dora sachte nach.

„Nein“, schneuzte sich Mrs. Duncan, „und der arme Herr Arthur hat niemals geheiratet, weil er ... nun ja ...“

„Vom anderen Ufer war?“ wollte Jane wissen, während sie sich abtrocknete. Lady Beatrice zuckte zusammen, denn das war nicht gerade eine einfühlsame Bemerkung, doch Mrs. Duncans Kopf schoß ruckartig nach oben.

„Haben Sie in der Bibliothek herumgeschnüffelt? Dazu hatten Sie kein Recht.“

„Ich habe gar nicht geschnüffelt. Ich verstehe nicht, was Sie meinen“, antwortete Jane.

„In der Bibliothek gibt es dieses Buch“, sagte Mrs. Duncan. „Darin steht, in der Rawdon-Linie fließe Feenblut. Der alte Sir Robert habe ein Mädchen entdeckt, das im Mondlicht auf dem Hügel auf der anderen Seite des Flusses saß, und sie habe einen Zauber auf ihn gelegt, und daher ... seitdem ....“ Ihre Stimme verlor sich in neuen Tränen.

„Was für eine rührende Geschichte“, unterbrach Lady Beatrice. „Nun, meine Liebe, entschuldigen Sie den Themenwechsel: Mir ist aufgefallen, daß sich das Levitationsgerät nicht mehr unter dem Kuchen befindet. Wissen Sie vielleicht, wo es geblieben ist?“

„Es ist nirgends geblieben“, antwortete Mrs. Duncan. „Ich habe das ganze häßliche Ding einfach, wie es war, in die Speisekammer geschoben. Wollen Sie sagen, das Gerät sei verschwunden?“

Kapitel 15

In welchem unsere Heldin sich anstrengen muß.

Mrs. Corvey entdeckte, als sie die Kiste auf dem Tunnelboden untersuchte, einen Schalter. Mit ihrem Gehstock drückte sie ihn vorsichtig in die andere Position. Ein Summen endete, das so leise gewesen war, daß man es zuvor nur unbewußt hatte wahrnehmen können.

„Ich denke, wir können jetzt ungehindert passieren, Mr. Ludbridge."

„Freut mich zu hören", antwortete dieser und versuchte schnaufend, auf die Füße zu kommen. „Oh ... au ... oh, Hölle und Verdammnis, ich bin praktisch ein Krüppel."

„Sie können sich auf mich stützen", sagte Mrs. Corvey, nahm seinen Arm und legte ihn sich über die

Schultern. „Machen Sie sich keine Sorgen, mein Lieber, ich bin eindeutig stärker, als ich aussehe.“

„Dabei habe ich keine Ahnung, wie Sie aussehen“, entgegnete Ludbridge. „Ha! Die Blinde führt den Blinden – was in unserem Fall uneingeschränkt sinnvoll ist. Führen Sie mich, werte Dame.“

Sie arbeiteten sich in den Haupttunnel vor und eilten Richtung Laboratorium. Ludbridge gelang es ziemlich gut, durch das Loch in der Fensterwand zu kriechen, er mußte sich jedoch danach erst einmal setzen und zu Atem kommen.

„Es scheint mir, als sei es ein halbes Leben her, daß ich dort hineingekrochen bin“, sagte er keuchend. „Bei Gott, die Nachtluft riecht süß! Seltsam, daß die ganze Zeit niemand die fehlende Scheibe bemerkt hat.“

„Tatsächlich hat jemand sie bemerkt“, informierte ihn Mrs. Corvey. „Als ich heute abend hier ankam, hatte man sie ersetzt.“

„Wirklich? Nun, das verleiht meinen müden Gliedern neue Kräfte“, antwortete Ludbridge und kam mit einem Ruck auf die Beine. „Lassen Sie uns zusehen, daß wir hier wegkommen.“

Mrs. Corvey führte ihn durch die Hecke und den Burggraben. Sie sorgte sich einen Augenblick, ob Ludbridge als der stattliche Mann, der er war, wohl durch das Fallgatter hindurchkommen würde, wurde aber dadurch beruhigt, daß dieses sich just in dem Moment scheppernd hob, als sie am Durchgang angekommen waren. Eine Droschke raste mit hoher Geschwindigkeit hindurch, aber das Gitter blieb oben. Mrs. Corvey sah dem Gefährt neugierig nach und war ziemlich sicher, Ralph an den Zügeln erkannt zu haben. Sie fragte sich, was sich wohl zugetragen haben mochte, das ihn in solche Eile versetzt hatte.

„Wir beeilen uns besser, Mr. Ludbridge", sagte sie.

„So schnell ich kann, Ma'am", entgegnete er und kroch ihr auf Händen und Knien nach. Als sie den Hof erreichten, war Mrs. Corvey beunruhigt, die große Halle hell erleuchtet vorzufinden. Sie zog Ludbridge hinter sich her, so gut sie konnte, und war sehr erleichtert, als sie zusammen durch die Tür in ihre Kammer stolperten.

„Seit vierzig Jahren arbeite ich hier", sagte Mrs. Duncan etwas unverständlich, während sie an ihrem dritten Glas Gin trank. Die Spülmägde und Hausangestellten saßen in ihren Nachtgewändern und verschiedenen Graden des heulenden Elends um sie versammelt wie Küken um eine Henne.

„Bedenken Sie doch – jetzt können Sie reisen, wohin Sie wollen", versuchte Jane zu helfen. Mrs. Duncan warf ihr einen mürrischen Blick zu, und zwei der Dienerinnen begannen erneut zu weinen.

„Da fällt mir ein“, sagte Lady Beatrice, „ich habe etwas in Prinz Nakhimovs Kammer vergessen. Ich wäre ungern so indiskret, die Freitreppe zu verwenden, wo doch der Schutzmann jeden Moment eintreffen kann – gibt es eine Hintertreppe, Mrs. Duncan?“

Die Köchin wies auf einen Durchlaß hinter der Speisekammer. „Aber machen Sie schnell.“

„Ich bemühe mich“, beteuerte Lady Beatrice. Mit einem bedeutungsvollen Blick zu den Devere-Schwestern hastete sie die Hintertreppe hinauf.

„Der gute Ruf des Hauses steht auf dem Spiel, und überhaupt ...“, murmelte Mrs. Duncan und schenkte sich ein weiteres Glas Gin ein.

Lady Beatrice rannte, so schnell sie konnte, und erreichte schließlich die Galerie. Sie verhielt einen Augenblick, um zu Atem zu kommen, und lauschte. Sie hörte, wie Prinz Nakhimov eine längere Anekdote zum besten gab, der Sir George, Pilkins, Ali Pascha und mehrere Diener lauschten. Sie schob sich an den Rand der großen Treppe und erblickte sie unter einer Glocke von Zigarrenrauch, um die Leiche Lord Basmonds gruppiert.

Sie wandte sich ab, überquerte die Galerie und ging hoch zu den Gästezimmern. Sie öffnete die Tür des Grafen und trat ein. Noch immer erleuchtete die Kerze den Raum. In ihrem Licht durchsuchte Lady Beatrice das Zimmer kurz, aber gründlich nach der Schwebevorrichtung. Sie durchstöberte die gefalteten Kleidungsstücke im Schrankkoffer des Grafen. Darunter fand sie ein Buch und zog es hervor, um es zu untersuchen. Es war lediglich ein bekannter Roman, jedoch steckte darin eine Reihe von Papieren. Eines davon trug ein offizielles Siegel und schien von Fürst Metternich unterzeichnet zu sein. Lady Beatrices Französisch war alles andere als fließend, aber es reichte aus, um den einen oder anderen Satz zu verstehen. „Sie werden mit allen möglichen Mitteln versuchen herauszufinden, ob Seine Lordschaft einverstanden wäre ... muß Sie nicht auf die Folgen eines Versagens hinweisen ..."

„Ich wußte nicht, daß Huren lesen."

Lady Beatrice sah auf. Im Durchlaß zum an Graf de Motrains Kammer anschließenden Raum stand ein Mann. Sein Akzent war hart, mutete deutsch an. Es schien sich um den Diener des Grafen zu handeln. Er hatte ein Messer. Lady Beatrice bedachte ihre Möglichkeiten. Es waren nicht viele.

„Tun wir nicht“, antwortete sie. „Ich suche nach dem Grafen. Wußten Sie, daß es einen Unfall gegeben hat? Lord Basmond ist tot.“

Der Kammerdiener hatte sich mit drohendem Blick in ihre Richtung in Bewegung gesetzt, hielt aber ob dieser Neuigkeit verblüfft inne: „Tot?!“

Sie warf sich ihm entgegen und riß ihn nach hinten. Sie fielen auf das Bett. Der Kammerdiener stach mit dem Messer nach ihr. Lady Beatrice hatte das beklemmende Gefühl, neben sich zu stehen, als das geduldige Raubtier in ihrem Körper die Zähne bleckte und um sein Leben kämpfte. Das Handgemenge war bösartig, wie es zwischen wilden Tieren üblich ist. Lady Beatrice stellte zufrieden fest, daß ihre Muskeln nichts von der Kraft eingebüßt hatten, die sie auf dem Chaiber-Paß errungen hatten. Ganz besonders befriedigte sie die Tatsache, daß sie dem Kammerdiener das Messer entreißen und ihn mit einem harten Schlag mit dem Griff niederstrecken konnte. Er sank zurück, für kurze Zeit ohne Bewußtsein.

Bis hierhin hatte der Instinkt sie geleitet. Nun setzte Lady Beatrice sich auf, goß ein Glas Wasser aus der Karaffe auf dem Nachttisch ein und ließ einen der Knöpfe ihrer Bluse hineinfallen. Der Knopf löste sich mit einem sanften Zischen auf. Sie hob den Kopf des Kammerdieners an, flüsterte ihm sanft ins Ohr und hielt das Glas an seine Lippen. Er trank, ohne nachzudenken, ehe er die Augen öffnete.

„Danke, Mutter ...", murmelte er. Dann öffnete er die Augen, sah zu Lady Beatrice auf und zuckte zusammen. „Dreckige Nutte! Ich bringe dich um!"

„Nutte leider ja. Dreckig? Gewiß nicht." Lady Beatrice hielt ihn ohne große Anstrengungen unten, da die Arznei schnell ihre Wirkung entfaltete. „Außerdem sicher nicht die Art von Nutte, die sich von einem Kerl wie dir umbringen läßt. Ja, du fühlst dich auf einmal ganz schön müde, nicht wahr? Du kannst dich kaum bewegen. Schließ die Augen und geh ins Land der Träume, mein Lieber. Das ist so viel leichter."

Als er endlich reglos dalag und sie durch das Anheben eines seiner Augenlider zweifelsfrei festgestellt hatte, daß er ohnmächtig war, erhob sich Lady Beatrice und betrachtete ihn kalt. Sie hob seine Beine ins Bett, zog ihm die Schuhe aus und tätigte einige weitere Anpassungen an seiner Kleidung, so daß jeder, der ihn entdeckte, von einem äußerst unzüchtigen Szenario ausgehen mußte. Dann hob Lady Beatrice die Papiere vom Boden auf, die sie hatte fallen lassen, und verstaute sie in ihrem Mieder.

Sie verließ dem Raum und schloß leise die Tür hinter sich.

Kapitel 16

In welchem wir eine eigenartige Kreatur kennenlernen.

„Wissen Sie, ich glaube, mein Augenlicht ist wiedergekehrt", sagte Ludbridge blinzelnd und rieb sich die Augen. Mrs. Corvey, die gerade mit dem Umziehen fertig geworden war, während sie den Stand der Dinge erklärt hatte, wandte sich zu ihm um und zog eine Braue hoch.

„Meine Gratulation, Mr. Ludbridge. Schönes Gefühl, oder?"

„In der Tat, Mrs. Corvey."

„Nun, Mr. Ludbridge, ich denke, ich werde jetzt nachsehen, wie meine Grazien zurechtkommen. Ich will außerdem wissen, warum alle Lichter in der Halle an sind. Ich schlage vor, Sie widmen sich der Waschschüssel und der Seife und polieren sich etwas auf, damit Sie nicht mehr aussehen, als hätten Sie die letzten vierzehn Tage damit verbracht, in Höhlen herumzukriechen. Auf dem Tisch finden Sie überdies eine Bürste und einen Kamm, die Sie benutzen können."

„Danke, Ma'am, das werde ich gewißlich tun."

Mrs. Corvey warf sich ihr Umhängetuch um die Schultern und trat auf den Burghof hinaus. Sie ging bestimmten Schrittes zur großen Halle hinüber, beobachtete die erleuchteten Fenster und erschrak, als sie auf etwas Unerwartetes trat. Sie sah hinunter. Einen Augenblick fixierte sie das, was da im Hof lag. Dann machte Mrs. Corvey schlagartig kehrt und ging zurück zu der Kammer hinter den Stallungen. Sie öffnete die Tür und stand vor Ludbridge, der gerade sein Gesicht wusch. Als er – wie ein Walroß schnaufend – nach dem Handtuch griff, sagte sie: „Entschuldigen Sie, Mr. Ludbridge – im Hof liegt ein toter Franzose. Würden Sie bitte mitkommen, und ihn sich einmal ansehen?"

„Wie Sie wünschen", entgegnete Ludbridge und folgte ihr in den Hof. Als sie den Leichnam erreichten, zog er einen kleinen, walzenförmigen Gegenstand aus der Tasche und drückte einen Knopf daran. Ein dünner Strahl hellen Lichts erleuchtete das eine Ende, was einen bewundernden Ausruf Mrs. Corveys auslöste. „Oh, ich hoffe, Mr. Felmouth fertigt davon auch ein paar für uns an!"

„Wir nennen sie elektrische Kerzen. Sehr nützlich. Lassen Sie uns den Bettler ansehen …" Ludbridge leuchtete dem Toten ins Antlitz und zuckte zusammen. Graf de Mortains Züge waren noch erkennbar, obwohl sie zu einer Maske des Entsetzens eingefroren waren. Dies traf nicht nur im übertragenen Sinne zu – er war blau vor Kälte, und Eis glitzerte auf ihm. Seine Arme waren über dem Kopf ausgestreckt wie bei einem Taucher; seine Finger verkrümmt wie Klauen.

„Hol's der Teufel! Das ist Emile Frochard."

„Nicht der Graf de Mortain?"

„Keineswegs. Dieser Bursche ist Spion im Dienste der Österreicher! Aber sie haben den echten Grafen erpreßt. Ich wäre nicht überrascht, wenn sie die Einladung für die Versteigerung abgefangen hätten. Tja. Seltsam. Ich frage mich, woran er gestorben ist."

„Ich glaube, ich habe eine Idee", sagte Mrs. Corvey mit einem Seitenblick auf das Haus. „Ich werde gleich mehr wissen."

„Sollen wir irgend etwas mit ihm machen?"

„Nein! Lassen Sie ihn für den Augenblick einfach liegen, Mr. Ludbridge."

Lady Beatrice stand einen Moment lang ruhig im Gang vor den Schlafgemächern und lauschte angestrengt. Prinz Nakhimov hatte dem Anschein nach eine weitere Anekdote begonnen, die von der Wolfsjagd handelte. Ein eisiger Windhauch wehte derart unerwartet über den Gang, daß Lady Beatrice zusammenzuckte. Wäre sie nicht so schonungslos pragmatisch gewesen, hätte sie eine übernatürliche Ursache vermutet. So offenbarte eine kurze, gründliche Musterung des Gangs einen Wandbehang am Ende der Halle, der sich bewegte, als ginge dahinter ein Luftzug. Lady Beatrice erkannte die Unterkante einer Tür in der Wand.

Sie näherte sich dieser vorsichtig und zog den Wandteppich zur Seite. Die Tür dahinter stand offen. Lady Beatrice erkannte einen kurzen Gang, den das Mondlicht durch die unverglasten Fensterschlitze erhellte. An seinem Ende befand sich eine weitere Tür.

Auf dem Weg den Gang entlang blickte Lady Beatrice durch eines der Fenster hinaus und sah, daß sie sich hoch oben in der Luft befand, und der Gang die Rückseite des Hauses mit dem Turm auf dem Burghügel verband wie eine überdachte Brücke. Sie eilte über die rohen Holzplanken und versuchte, die Tür am anderen Ende zu öffnen. Dies ließ sich problemlos bewerkstelligen, da das Schloß zerstört war.

Lady Beatrice stand einen Augenblick lang blinzelnd im hell erleuchteten Raum dahinter. Die Beleuchtung kam nicht von Kerzen oder Öllampen, sondern von etwas, das einer riesigen Gruppe von De-La-Rue-Lampen glich. Was Lady Beatrice in helle Überraschung versetzte, hatte sie doch geglaubt, lediglich die Spekulative Gesellschaft der Gentlemen befände sich im Besitz der praktischen Vakuumlampen.

Ihre Überraschung war jedoch nichts im Vergleich zu der des Insassen des Raums. Er wandte sich um, erblickte sie und erstarrte für einen Augenblick. Er glich Lord Basmond so sehr, er hätte dessen Geist sein können – nur magerer, blasser und unendlich fragiler. Seine Hände und die bloßen Füße waren kreidebleich und zu lang, um anmutig zu wirken. Seine Kleidung bestand nur aus einer Hose mit Hosenträgern, einem Hemd, dessen Ärmel hochgekrempelt waren sowie einem Lederband rund um den fast haarlosen Schädel. An dem Band waren verschiedene Brillen an beweglichen Bügeln und eine kleine Vakuumlampe befestigt, die ein gespenstisches Licht auf sein entsetztes Antlitz warf.

Er kreischte schrill auf wie ein Kaninchen in einer Falle und trippelte außer Sicht.

Lady Beatrice trat in den runden Raum. An der gegenüberliegenden Wand befanden sich eine schmale Bettstatt, eine Kommode und ein Waschtisch. In der Mitte des Raumes lag eine Falltür, fest verschlossen und verriegelt. Daneben stand eine Art Werkbank, auf der etwas lag, das einer zerlegten Uhr glich. Die herumliegenden Werkzeuge machten deutlich, daß das Geschöpf an diesem Gerät gearbeitet hatte, als Lady Beatrice eingetreten war. Das Auffälligste an dem Raum war die Dekoration. Auf dem weißen Putz an den Wänden befanden sich bis zu einer Höhe von über drei Metern Kohlezeichnungen von Maschinen, Uhrwerke, Flaschenzüge, Kolben, Federn, Drähte. Hier und da standen dem Anschein nach auch erklärende Anmerkungen in Kurzschrift, die Lady Beatrice nicht lesen konnte. Auch der Sinn und Zweck der dargestellten Geräte erschloß sich ihr nicht.

Sie umrundete die Werkbank auf der Suche nach dem Bewohner des Raums. Er war nirgends zu sehen, doch jenseits der Falltür befand sich ein Behälter von der ungefähren Größe und Form eines Wäschemanglers. Lady Beatrice kniete sich daneben.

„Sie müssen keine Angst haben, Mr. Rawdon", sagte sie.

Aus der Kiste ertönte ein unartikulierter Schrei, der jäh wieder abbrach.

„Lassen Sie ihn in Ruhe", sagte eine zweite Stimme vermeintlich aus heiterem Himmel. Die Illusion war so vollkommen, daß Lady Beatrice der Wand zunächst in Erwartung eines Sprachrohrs einen prüfenden Blick zuwarf. „Verstehen Sie nicht, daß Sie nicht mit Hindley reden können? Reden Sie mit Arthur."

„Tut mir leid, Hindley, aber Arthur ist tot."

„Ich bin nicht Hindley! Ich bin Jumbey. Arthur ist nicht tot. Wie lächerlich! Jetzt gehen Sie und lassen Sie den armen Hindley in Ruhe. Er ist viel zu beschäftigt, als daß man ihn ablenken dürfte."

„Darf ich dann mit Ihnen reden, Jumbey? Wenn ich verspreche, Hindley in Ruhe zu lassen?"

„Sie müssen es versprechen und Ihr Versprechen halten!"

„Das tue ich. Das werde ich. Sagen Sie mir, Jumbey: Hindley entwickelt Dinge, nicht?"

„Natürlich! Er ist ein Genie."

„Das sehe ich. Er hat das Levitationsgerät gebaut, nicht wahr?"

„Sie haben es gesehen? Ja. Arthur hat es eingeheimst, aber Hindley war das einerlei. Er kann sich jederzeit ein neues bauen."

„Hatte Arthur Hindley gebeten, ein Levitationsgerät für ihn zu entwerfen?"

„Arthur? Nein! Arthur ist der dumme. Er wäre nie von allein auf so eine Idee gekommen. Man hat Hindley in den kleinen Raum mit dem Kleiderschrank gesperrt. Seine Spielsachen rollten immer unter den Schrank, der arme Hindley konnte sie nicht erreichen, und der gemeine Pilkins wollte sie ihm nicht mehr hervorholen. Also baute Hindley sich etwas, mit dem er den Schrank schweben lassen konnte, verstehen Sie, und damit konnte er seine Spielsachen ab sofort selbst bergen.

Dann kam Arthur heim, und die Dienstboten verpetzten Hindley, und er hatte solche Angst, das arme Ding, weil er befürchtete, er müsse wieder in den kleinen, dunklen Raum mit dem kalten Wasser. Doch Arthur sagte, er würde ihm einen schönen, großen Raum geben und ein Labor ganz für ihn allein, wenn Hindey ihm Dinge bauen würde, und Hindley bekäme alle Zuckerwatte, die er haben wollte, und Arthur würde die Fremden fernhalten. Hat er aber nicht." Die letzten Worte spie er mit Gift und Galle aus.

„Hat er nicht?"

„Nein! Hindley hat kein Stückchen Zuckerwatte gekostet, und dieser große, ungeschickte Spion hat Hindley unten in den Tunneln nachgestellt. Hindley mußte allein mit ihm fertigwerden, was sehr schwer für den armen Hindley ist, weil er nicht gesehen werden darf."

„Es tut mir leid, das zu hören, Jumbey."

„Arthur hat die Aufgabe, auf Hindley aufzupassen und ihn zu beschützen. Mutter hat es gesagt. Immer!"

„Nun, mein Lieber, ich fürchte, Arthur kann das nicht mehr. Wir werden ein anderes Arrangement für Hindley finden müssen."

„Ist Arthur wieder zur Schule gegangen?"

Lady Beatrice dachte gründlich nach, ehe sie antwortete. „Ja. Ist er."

„Er hat den armen Hindley wieder mit Pilkins allein gelassen?" Die selbstsichere Stimme zitterte. „Hindley will das nicht. Hindley mag den kleinen, dunklen Raum mit dem kalten Wasser nicht!"

„Ich glaube, wir können Hindley helfen."

„Wie?"

Kapitel 17

In welchem die Damen obsiegen.

„Hölle und Verdammnis!“ rief Mrs. Corvey aus. Dora, die gerade die Ereignisse der letzten zwei Stunden für sie zusammengefaßt hatte, ergötzte sich an ihrer Vulgarität. Sie sah sich um und war beruhigt, daß Mrs. Duncan sich bewußtlos getrunken hatte und die Hausangestellten zurück in ihre Betten gegangen waren. Dann sagte sie: „Ich bin sicher, wir haben unser Bestes getan.“

„Das glaube ich auch, aber das Ganze ist ein Problem, weil es nun eine Untersuchung geben wird. Das Levitationsgerät haben wir auch nicht errungen. Ich vermute, es ist inzwischen auf dem Weg zum Mond. Immerhin wird es dort oben auch keiner der Herren bekommen. Oh, welch ein Durcheinander. Wo ist Lady Beatrice?“

„Hier", sagte diese, während sie katzenhaft die Hintertreppe heruntereilte. „Ich bin so froh, Sie wohlauf zu sehen. Haben Sie etwas entdeckt?"

„In der Tat."

„Ich ebenfalls." Lady Beatrice zog sich einen Stuhl heran und berichtete ihre vielen Abenteuer in bewundernswert knappen Worten. Danach revanchierte sich Mrs. Corvey. Jane, Dora und Maude lauschten gebannt und äußerten hin und wieder ihre Überraschung oder ihre Bestürzung.

„Nun!" sagte Mrs. Corvey schließlich. „Ich denke, ich sehe einen Ausweg aus unseren Problemen. Jane, meine Liebe, bitte geh zu der Kammer hinter den Stallungen und klopfe dort. Bitte Mr. Ludbridge, herüberzukommen und den toten Franzosen mitzubringen."

Pilkins sah mit finsterem Blick auf, als Lady Beatrice die große Halle betrat.

„Habe ich euch Ludern nicht gesagt, daß ihr auf euren Plätzen im Keller bleiben sollt?" rief er. „Der Schutzmann wird jeden Moment hier eintreffen."

„Wenn Sie erlauben, Sir, im Burghof ist ein Herr eingetroffen. Es ist nicht der Schutzmann", erklärte Lady Beatrice, „und ich habe mich gefragt, ob wir nicht heute nacht nach London abreisen könnten, um den Skandal zu vermeiden?“

„Von mir aus könnt ihr zur H...“ begann Pilkins, als ein gemessenes Klopfen an der Tür erklang. Er erhob sich, um zu öffnen. Mr. Ludbridge stand mit würdevoller Miene davor.

„Guten Abend. Sir Charles Haversham, Spezialermittler von der Behörde Ihrer Majestät für Betrug und Hochstapelei. Ich habe einen Haftbefehl für Arthur Rawdon, Lord Basmond.“

Pilkins stierte ihn an: „Er ... ist tot“, sagte er.

„Das höre ich oft. Ich fordere Sie auf, ihn schleunigst auszuliefern!“

„Nein, er ist wirklich tot“, sagte Prinz Nakhimov, stand auf und hob die Ecke des Lakens an, das man über Lord Basmonds Leiche gedeckt hatte. Ludbridge durchschritt die große Halle selbstsicher und sah auf den Toten hinunter.

„Ach. Wie unangenehm. Tja. Ich hoffe, keiner der Herren hat ihm größere Mengen Geldes gezahlt?“

„Was wollen Sie damit sagen?“ erkundigte sich Sir George Spiggott.

„Damit will ich sagen, Sir, daß meine Abteilung die letzten sechs Monate damit zugebracht hat, Beweise gegen Seine Lordschaft zusammenzutragen. Wir haben die eidesstattlichen Ausführungen von nicht weniger als drei Bühnenmagiern – der berühmteste dürfte ein Dr. Marvello von den Königlichen Bühnen in der Drury Lane sein –, daß Seine Lordschaft sie dafür bezahlt hat, ihm diverse einfache Tricks beizubringen, mit denen man die Illusion des Schwebens erzeugen kann. Wir haben überdies Briefe abgefangen, aus denen hervorgeht, daß Seine Lordschaft dieses Wissen dazu einsetzen wollte, eine oder mehrere unbekannte Personen zu betrügen."

„Aber ... aber ..." sagte Pilkins.

„Guter Gott!" jammerte Sir George. „Ein Trickbetrüger! Ich wußte es! Ich habe ihm ins Gesicht gesagt, er sei ein verdammter unenglischer Lump ..."

„Wollen Sie sagen, Sie und Seine Lordschaft hatten Streit?" frage Lady Beatrice leise.

„Äh", sagte Sir George. „Nein! Nicht wirklich. Ich habe es impliziert. Ich meine, ich wollte es sagen. Morgen. Weil ich, äh, einen Verdacht hatte – ja, verdammt, sein Angebot kam mir bedenklich vor. Ich erkenne einen Lügner, wenn ich ihn sehe!"

„So geht es mir auch", antwortete Ludbridge und warf ihm einen strengen Blick zu, unter dem der andere leicht zu schrumpfen schien. „Ich darf davon ausgehen, daß Seine Lordschaft infolge eines Malheurs verstorben ist?"

„Wir warten auf die Ankunft Ihres Schutzmannes, aber es hat den Anschein, Lord Basmond sei die Treppe heruntergefallen und habe sich das Genick gebrochen", sagte Ali Pascha mit einem Seitenblick auf Sir George.

„Eine Schande", bemerkte Ludbridge. „Na ja, die Vorsehung hat ihre eigene Art, Gerechtigkeit zu üben. Von Ihnen hat er niemanden betrogen, hoffe ich?"

„Wir hatten noch nicht einmal geboten", entgegnete Prinz Nakhimov.

„Fabelhaft. Sie haben noch einmal Glück gehabt. Meine Arbeit hier ist wohl getan", freute sich Ludbridge. „So gern ich den Kretin vor den Richter gebracht hätte – im Moment steht er vor einem härteren Gericht."

„Wenn Sie erlauben, Sir", meldete sich Pilkins mit bebender Stimme zu Wort, „mein Herr war kein Betrüger ..."

Ludbridge hob in einer selbstsicheren Geste die Hand. „Guter Mann. Ihre Loyalität einer alten Familie gegenüber, die schlechten Zeiten zum Opfer gefallen ist, ist achtbar, aber sie nützt nichts. Wir haben Beweise, daß Seine Lordschaft hoch verschuldet war. Wollen Sie das bestreiten?"

„Nein, Sir." Pilkins' Schultern sackten zusammen. Vom Burghof erklang das Geräusch von Rädern und klappernden Hufen. „Oh. Das wird Ralph sein, der den Schutzmann mitbringt."

„Sehr gut." Ludbridge musterte alle Anwesenden der Reihe nach. „Meine Herren – angesichts der tragischen Ereignisse des Abends, der noblen Geschichte der Rawdons und ganz abgesehen von Ihrem Ruf als scharfsinnige Männer von Welt denke ich nicht, daß es irgend jemandem nützt, wenn dieser Skandal bekannt wird. Vielleicht sollte ich mich dezent zurückziehen."

„Wenn Sie das tun würden, Sir", sagte Pilkins und vergoß erneut Tränen.

„Dort hinten geht es zur Küche", warf Lady Beatrice ein und ging voraus. Auf ihrem Weg nach unten hörten sie das Klopfen des Schutzmannes und Ali Paschas Worte: „Sollte nicht endlich jemand den Grafen wecken?"

„Ein prächtiges Sammelsurium von Lügen, Sir", bemerkte Lady Beatrice auf der Stiege nach unten.

„Danke. Vielleicht sollten wir unsere Schritte beschleunigen", antwortete Ludbridge. „Ich wäre gern weit weg von diesem Haus, ehe sich irgend jemand auf die Suche nach dem Franzosen begibt."

„Wo haben Sie ihn denn gelassen, wenn ich fragen darf?"

„In seinem Bett, wo sonst? Jemand hat ganz wunderbare Arbeit an seinem Partner geleistet, muß ich sagen. Sollen die Österreicher das aufräumen."

„Danke, Sir."

„Hat uns jemand gehört?" fragte Dora, als sie die Küche betraten. „Jane mußte mir beim Heben helfen – nicht schwer, aber sperrig, wissen Sie."

„Sie haben nichts gehört", sagte Lady Beatrice und kniete sich neben die Kiste. „Jumbey? Jumbey, mein Lieber, ist der arme Hindley in Ordnung?"

„Er hat Angst", sagte die unheimliche Stimme. „Er spürt, daß draußen Fremde sind."

„Sag ihm, er muß keine Angst haben. Niemand wird ihn stören, und er wird bald ein größeres und besseres Laboratorium haben, um darin zu spielen."

„Maude, gehen Sie und schnappen Sie sich Ralph, ehe er die Pferde versorgt hat", sagte Mrs. Corvey. Maude rannte nach draußen und rief: „Ralph, Liebster! Würdest du uns einen Liebesdienst erweisen? Wir brauchen jemanden, der uns ins Dorf kutschiert."

Die Tragödie um Lord Basmonds Tod ließ die Gerüchteküche in Little Basmond brodeln, aber den eigentlichen Skandal verursachte der Tod des französischen Grafen durch die Hand seines österreichischen Kammerdieners. Offenbar ein Verbrechen aus Leidenschaft, wobei sich niemand so recht erklären konnte, wie es dem Diener gelungen war, dem Grafen alle Knochen zu brechen. Die örtlichen Behörden waren insgeheim erleichtert, als ein Abgesandter der österreichischen Botschaft mit einem Auslieferungsbescheid auftauchte und den Diener in Ketten abführte. Des weiteren zahlte der Abgesandte freundlicherweise für die Überführung des Leichnams des Grafen nach Frankreich.

Ali Pascha und Prinz Nakhimov kehrten lebendig und mit einem Zuwachs an Weisheit in ihre jeweiligen Nationen zurück. Sir George Spiggott kehrte auf seinen riesengroßen Landsitz in Northumberland zurück, wo er zu trinken begann und nach einiger Zeit ein schlimmes Ende fand.

Als Lord Basmonds Juristen seine Papiere durchsahen und das ganze Ausmaß seiner Verschuldung entdeckten, schüttelten sie traurig die Köpfe. Die Dienerschaft wurde ausbezahlt und entlassen, sämtliche Möbelstücke wurden versteigert, um die Kreditoren zu befrieden, und als selbst das nicht ausreichte, kam Basmond Park selbst an die Reihe. Dabei ergaben sich jedoch Verwicklungen, da die beiden größten Schuldner darüber in Streit gerieten, wessen Anspruch der höherwertige war. Der anschließende Prozeß zog sich über dreißig Jahre hin.

Kapitel 18

In welchem eine Zusammenfassung erfolgt.

„Ich muß schon sagen, meine Damen!“ Herbertina kippte ihren Stuhl nach hinten und legte die Füße auf das Kamingitter. „Das ist doch mal eine Neuigkeit: Basmond Hall ist eingestürzt.“

„Wie unsagbar traurig“, warf Jane vom Piano her ein.

„In der Tat“, erklärte Miss Otley. „Es war ein geschichtlich bedeutsames Gemäuer.“

„Hier steht, die Ursache lag im Einsturz mehrerer bis dato unbekannter Minenschächte unter dem Gebäude begründet“, erklärte Herbertina.

„Das bezweifele ich nicht“, bemerkte Mrs. Corvey mit einem Schaudern. „Es wundert mich immer noch, daß es nicht mit uns allen darin zusammengebrochen ist."

„Ohne Zweifel wird es bald ein vermodernder, moosbedeckter Spukhügel sein, den die unruhigen Geister der Rawdons heimsuchen", sagte Lady Beatrice, während sie einen Faden scharlachroten Stickgarns abschnitt. „Apropos – hat jemand in letzter Zeit etwas von unserem armen Jumbey gehört?"

„Offiziell nicht", antwortete Mrs. Corvey. „Was auch nicht zu erwarten war. Aber Mr. Felmouth hat angedeutet, der derzeitige Lord Basmond bereite eine Reihe nützlicher Gegenstände für die Fabrikation vor."

„Glücklich, hoffe ich?"

„Solange er regelmäßig seine Zuckerwatte bekommt, ja."

„Großartig!" Dora spielte einige experimentelle Töne auf ihrer Ziehharmonika. „Wer hat Lust auf ein Lied? Sollen wir ‚Begone, Dull Care' singen, meine Damen?"